KB115587

내 팔자에 숨겨진 비밀

내 팔자에 숨겨진 비밀

발행일	2024년 1월 5일		
지은이	홍현복		
펴낸이	손형국		
펴낸곳	(주)북랩		
편집인	선일영	편집	김은수, 배진용, 김다빈, 김부경
디자인	이현수, 김민하, 임진형, 안유경, 한수희	제작	박기성, 구성우, 이창영, 배상진
마케팅	김회란, 박진관		
출판등록	2004. 12. 1(제2012-000051호)		
주소	서울특별시 금천구 가산디지털 1로 168, 우림라이온스밸리 B동 B113~114호, C동 B101호		
홈페이지	www.book.co.kr		
전화번호	(02)2026-5777	팩스	(02)3159-9637
ISBN	979-11-93716-02-1 03810 (종이책)		979-11-93716-03-8 05810(전자책)

(주)북랩 성공출판의 파트너

북랩 홈페이지와 패밀리 사이트에서 다양한 출판 솔루션을 만나 보세요!

홈페이지 book.co.kr • **블로그** blog.naver.com/essaybook • **출판문의** book@book.co.kr

작가 연락처 문의 ▸ ask.book.co.kr

작가 연락처는 개인정보이므로 북랩에서 알려드릴 수 없습니다.

내 팔자八字에 숨겨진 비밀秘密

가고 오고

임인년(壬寅年) 호랑이해가 가고

계묘년(癸卯年) 토끼해가 왔다는데

壬寅年 호랑이해를 내가 보냈나

癸卯年 토끼해를 내가 오라고 불렀나

왜 이리들 시끌벅적 난리들인고

태양은 어제도 뜨고 지고 오늘도 뜨고 지는데

또한 내일도 한 치의 오차도 없이 뜨고 질 텐데

왜들 호들갑을 떤대요 그냥 내버려둬유-

순간순간 매일매일 행복하게 살면 그게 천국이고

극락입니다 오늘도 하루도 행복하게

2023년 1월 2일

부산 수영에서, 매산(梅山)

어느 한 생명이 태어나서 삶의 현장에서 이리저리 부대끼다가 어느새 예순이라는 나이를 먹고 나니 갑자기 밀려드는 두려움. 기댈만한 언덕도 없지, 가진 것도 없지, 가방끈도 짧지. 체격은 왜소하여 노동도 할 수 없지. 그러니 앞으로 무엇을 해서 먹고 살지 참으로 암담한 생각이 들 즈음, 그래도 입은 살아 있으니 입을 통해 먹고 살 수 있는 일은 없을까? 이제 여든이 되어 지난 세월을 되돌아보면 대충 생각나는 직업만 생각해 봐도 열 손가락이 모자랍니다.

남들은 직업 한두 개로 생을 마감한다는데. 마지막으로 온 가족이 매달려 한 식당이 칼국수로 시작해서 된장찌개, 갈비구이까지 하면서 고생은 고생대로 하고 온 식구가 신용불량자로 낙인 찍히고서야 식당업을 접게 되었습니다. 그리고 시작한 일이 택시 기사. 더 갈 곳이 없어 시작한 이 직업도 3년을 하고 보니 회의감이 들었습니다.

법인 택시 기사는 개인택시를 가져보는 것이 꿈이라던데 법인 택시는 사납금(택시 회사에 내는 수익금)이라는 것에 심적 부담이 이만저만이 아닌데 비해 개인택시는 차량 할부금, 차량 유지비 등을 모두 부담해야 하니 개인택시 하시는 분 또한 심적 고통이 이만저만이 아님을 알고 나서부터는 이 또한 내가 할 일이 아니다 싶고 택시 운전을 하면서도 무슨 일을 해야 하나 앉으나 서나 궁리하던 중 점심시간에 우연히

신문을 보다 대문짝만한 광고 '사주팔자(四柱八字) 공부할 분 모집'이라는 광고가 눈에 들어오네요. 그런데 태생이 모태(母胎)로부터 예수쟁이였던 나는 四柱八字 업은 마귀와 사탄의 직업이 아닌가(나중에 무지함을 깨닫게 되었지만, 예수님도 四柱八字가 있는데) 내가 가질 직업은 아니지 않는가. 이렇게 생각하고 또 몇 날을 보냈는데도 그때 그 광고가 뇌리에서 떠나지 않는 것은 왜일까.

그러던 어느 날 운전 중에 용기를 내어 광고를 냈던 곳을 찾아가서 四柱를 보면서 선생님 나 같은 사람도 이런 공부를 해도 될까요 하니 이런 공부를 하면 참 좋은 팔자라 하시므로 용기를 내어 갑을병정(甲乙丙丁)도 모르는 내가 사주팔자학(四柱八字學)을 공부하게 되었답니다.

운전을 하면서도 틈틈이 짬을 내어 공부를 하는데 참으로 흥미롭고 재미있는 공부였습니다. 그런데 四柱學계에서는 대부라고 하시는 선생님이신데 제가 좀 건방져서 甲乙丙丁을 조금 이해하고 나니 이 선생님에게서는 내가 바라는 바를 성취할 수 있을까 하는 의구심이 들더군요. 그래서 수강을 마치고 본격적으로 학문에 몰입하면서 택시운전도 접고 서점에서 살다시피 하면서 관련 서적을 탐독하고 유튜브 채널을 통해 강의를 들으니 처음에는 와닿는 것 같은데 뒤에는 남는 게 별로 없더라구요.

한 가지 지금도 생각나는 것이 우리가 자동차 운전면허를 취득하는 것은 자동차 도로에서 원활한 운전을 하기 위해 면허증을 취득하는 것인데 모든 책이나 강의가 하나같이 운전이 아닌 부속품 기능 설명을 하는 게 전부라고 생각이 들더군요. 부속품 기능은 정비사가 알면 되고 지금 내게 필요한 것은 원활한 운전이라고 말입니다.

이렇게 반문하면서 흥미를 잃게 되고 관심이 멀어지더군요. 그러다가 또 어느 날 아니지 하고 또 시작하고 또 때려치우고를 반복하고를 여러 차례 하다가 생각한 것이 이때까지 공부하고 체험한 것을 토대로 해서 정리를 해 보자 마음을 다독이면서도 한편으로는 이름있는 선생님의 책이나 강의를 들으면서 무엇인가를 얻으려 노력하였으나 혹시나가 역시나였습니다.

내가 건방져서 그런 건 아닌가 자문과 자책을 하면서 말입니다. 그런데 모두가 하나같이 서론은 긴데 핵심인 본론은 없음에 실망하고 더 이상 떠도는 학문은 접기로 마음 굳히고 각종신살(各種神殺)이나 지지(干支)의 성향을 달달 외우는 학문이 아닌 자연을 이해하고 숙고하는 데서 깨우치게 된다는 사실을 알게 되었습니다.

나이 여든에 이 글을 쓰는 것도 몇 번 망설이다가 아니 몇 년을 벼르다가 용기를 내어 씁니다만(사실은 내가 용기를 내는 것이 아니라 運의 행로(行路)가 정(定)해져 가고 있는 것인데) 아무튼 내가 운(運)을 만드는 것이 아니라 定해져 있는 運의 행로에 그냥 가고 있을 뿐인데 말이죠.

이 뜻을 이해하느냐 못하느냐가 사주팔자학(四柱八字學)의 핵심입니다.

四柱八字學의 선생님과 모든 교재가 모두 나의 노력으로 運을 바꿀 수 있다는 데서 시작하죠. 첫 단추가 잘못되었음을 알 수 있습니다. 運은 나의 노력으로 만들어지는 것이 아니고 이미 定해져 있는 運이 나를 좋게든 나쁘게든 변화시키는 것입니다.

四柱八字學의 논리를 이해하지 못하면 비 올 줄 알아 우산을 준비한다는 우스갯소리가 나오는 것입니다.

그럼 내친김에 잠시 생각해 볼까요? 내가 하는 생각. 이 생각이 무엇입니까? 이 생각을 만질 수 있나요? 가질 수 있나요? 없죠. 이것이 허공의 기(氣)라는 것인데 이것을 팔자학(八字學)에서는 천기(天氣) 즉, 천간(天干)이라고 합니다.

이 하늘의 氣는 땅의 물(物)을 만나야 생기(生氣)를 띠게 되고 이 生氣는 合이라는 것을 通해서 生産을 하게 되는 이치가 있는데 지금은 조금 어려운 얘기입니다만 내가 생각하는 이 생각이 내 것이 아니라는 것입니다. 이 생각이 내 것이라면 四柱八字學을 공부할 필요가 없습니다. 내가 노력해서 좋은 運을 만든다구요? 그럴 수만 있으면 얼마나 좋겠습니까만 하지만 아닙니다.

여러분이 마시는 이 공기, 여러분이 노력해서 얻은 건가요? 아니죠. 이미 있는 것을 여러분의 의지와는 전혀 무관하게 마시고 호흡하고 있는 것입니다.

인간의 삶 속에는 헤아릴 수 없는 천충만층구만층의 희로애락과 길흉화복을 겪게 되는데 어느 것 하나 내 뜻대로 되는 것은 없습니다. 왜죠? 내 것이 아니기 때문이죠. 내가 생각하는 이 생각이 보이나요? 만질 수 있나요? 가질 수 있나요? 이것을 八字學에서는 상(象)이라고 하는데 모든 책과 강의에서 象을 말하기는 하는데 象이 무엇인지에 대해서는 설명하고 있지 않습니다.

보이지 않는 이것이 상(象), 생각일진대 우리가 생각했다고 다 가질 수 있나요? 우리가 돈을 벌고 싶다고 생각했다고 해서 돈을 벌 수 있나요? 그럼 이 생각이 결실을 맺으려면 어떤 작용이 있어야 할까요? 이 생각의 象은 地支의 物을 만나야 合이라는 과정을 通해서 합작(合作)하여 생산이라는 결실을 얻게 되는데 지금은 조금 어려운 말입니다만 아무튼 이러한 이치를 알려주는 책이나 강의를 보거나 듣지를 못했습니다.

내가 노력하면 좋은 運을 만들 수 있다는 얘기뿐. 아무튼 이러한 이치를 깨닫는 데도 머리가 둔한 나로서는 많은 시간이 걸렸습니다만 처음에 공부를 시작할 때 四柱八字學을 직업으로 해서 먹고사는 문제를 해결해 보겠다고 생각하고 시작한 지가 어언 20년. 이제 여든이 되어 많은 사람의 팔자와 씨름하고 관련 서적을 통해 자연을 이해하고 숙고하면서 깨닫고 보니 먹고사는 문제는 내가 선택하는 것이 아니라 이미 定해져 있는 運의 틀 속에서 내가 생각하고 활동하고 있다는 사실을 알게 되었습니다. 내가 먹고 마시고 하는 삶. 즉, 희로애락 길흉화복이 나의 뜻과 무관하다는 것 말입니다. 그럼 혹자는 노력하지 않아도 되는 대로 아무렇게나 살아야겠다는 생각하는 분도 있겠으나 이 또한 八字에 성분(成分)이 있어야 한다는 것입니다.

다시 말하면 인간은 태어날 때 빈부귀천이라고 하지요 어떤 사람은 가진 것 하나 없어도 존경과 귀(貴)한 대접을 받으며 살아가는가 하면 어떤 이는 부자로 가진 재물이 많은데도 불구하고 남에게 대접받기는커녕 비난의 대상이 되고 천한 삶을 살아가는 것을 우리는 주변에서 흔히 볼 수 있는 것입니다.

사람이 생각을 할 때도 어떤 이는 매사 긍정적인 사고를 가지고 있는가 하면 또 어떤 이는 무조건적인 부정적 사고를 가지고 있는 사람도 있는데 이러한 것은 모두 태생적으로 가지고 있는 天性의 성향인 것입니다. 또한 이러한 경우도 있지요. 매우 부정적인 성향으로 태어난 사람이 어느 시점에 이르러 매사 긍정적인 사고로 바뀌는 것을 볼 수 있는데 이것은 운로(運路)가 바뀔 때 일어나는 현상인 것입니다. 運이란 용어가 나온 김에 덧붙인다면요. 종종 운명(運命)이란 말을 종종 듣게 되는데 이는 틀린 말입니다. 運命이 아니라 명운(命運)이라 해야 맞는 말입니다.

그것은 命은 인간이 태어남을 말하는 것이고요 運은 행로 즉, 움직인다는 뜻이죠. 물체가 있어야 그림자가 있겠지요. 아무튼 運命이 아니라 命運이라 해야 맞는 말입니다. 命과 運은 바꿀 수 없습니다. 다만 그 가는 길(道)을 알 뿐입니다. 길(道)을 알고 가는 나그네의 삶은 풍요롭고 행복할 것입니다. 아무튼 이러한 이치를 누구나 쉽게 자기 命을 알 수 있도록 첫 단계부터 나의 命을 아는 단계까지 자세히 설명하려고 합니다. 내 삶에 놓인 희로애락 길흉화복의 이정표를 알게 된다면 허황된 생각과 행동으로 귀한 에너지를 소비할 필요가 없습니다. 이 글을 쓰는 목적도 이로 인해 보다 행복한 삶을 영위할 수 있으리라 믿기 때문입니다.

자, 그럼 지금부터 흥미진진한 四柱八字學의 여행을 떠나보도록 하겠습니다. 四柱八字學 하면 古代로부터 내려오는 삼대고서(三大古書)

가 있습니다. 적천수, 난강망(궁통보감), 자평진전이 그것인데요. 예로부터 중국문화가 뿌리 깊게 내려온 우리나라는 이 三大古書의 영향 하에서 발전해 왔습니다. 그러다 보니 어려운 한자이며 또한 중국문화 사상이 우리나라와 다른 점이 많이 있겠지요. 그러다 보니 어려운 한자를 해석하는 과정에서 여러 가지로 뜻을 달리하는 학자도 있고요. 또한 시대의 변천사와 문화 환경이 급격히 변화했음에도 불구하고 古書의 문구 하나에 얽매여 시대의 흐름을 반영하지 못한 부분이 많이 있습니다.

아무튼 이러한 문제들은 삼대고서의 기본 틀을 유지하면서도 시대에 맞지 않는 부분은 과감히 오늘날의 시대환경에 맞게 서술하고자 합니다.

설

까치 까치 설날은 어저께고요
우리 우리 설날은 오늘이래요

설날이면 동네 꼬마들이 부르던 동요가 언제부터인가 들어 볼 수 없다. 우리 삶 속에 자리 잡았던 정겨운 소리는 하나둘 우리 곁을 떠나고 삭막하고 살벌한 소리만 들린다.

너 죽고 나 살자 식의 정쟁을 들으며 참으로 서글픈 생각이 든다. 얼마 전까지만 해도 우리는 배곯는 삶을 살면서도 설에는 온 가족이 한자리에 모여 오손도손 정을 나누고 이웃의 안부를 묻곤 했는데 국민소득이 뭐라나 3만 달러라나 하면서... 배곯는 것은 면한 것 같은데 왜 배곯았던 시절이 그리워지는 것일까? 요즘은 인정이란 찾아보기 힘든 세상이다. 그래도 아직 희망을 버리지 못하는 것은 부패해 가는 세상에 소금의 역할을 해주시는 이름 없는 기부 천사님들로 인해 하느님이 이 세상을 멸하시지 못하는 것 같다. 그 천사님의 은혜에 감사드리며 새해는 우리 인간의 본성을 되찾는 한 해가 되길 소망해 본다.

2023년 1월
梅山

목차

제1장

제2장

제3장

제4장

제5장

제6장

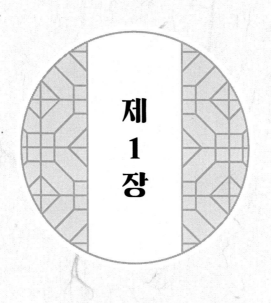

제
1
장

음양(陰陽)

　동양학의 모든 시작은 陰과 陽으로부터 시작됩니다. 이 음과 양을 모르시는 분 없으리라 믿습니다만 본격적으로 음과 양을 논하기 앞서 四柱八字가 무엇인지 잠시 살펴보도록 하겠습니다.

　한마디로 四柱八字란 神이 인간에게 부여한 바코드 즉, 암호문 같은 것입니다. 한 생명이 태어나서 마감하는 순간까지의 삶의 이정표입니다. 한 생명의 삶에는 희로애락과 길흉화복의 긴 여행을 하게 되는데 그 이정표가 四柱八字라는 이름으로 암호화되어 있다는 것입니다.

　인류 역사에는 예나 지금이나 인간은 자기 앞날의 삶이 몹시 궁금하게 생각해 왔는데 이러한 문제를 알기 위해 소위 등장하는 학문이 주역이니 육임 육효 용어만 다르지, 하나인 명리학이다 추명학이다 사주팔자학이다 또는 기문둔갑술이다 하면서 온갖 점성술을 동원해서 나의 앞날을 알고자 했으나 아직까지 이 암호문을 푸는데 갑론을박만 있을 뿐 시원한 해답을 찾고 있지 못한 것이 오늘날의 현실입니다. 그렇다면 왜 인류가 그토록 노력하는데도 불구하고 왜 제대로 된 답을 얻지 못할까요?

　그것은 인간의 교만함과 아집 때문이라고 생각합니다. 인간이란 우주 만물 속에 자연 중 아주 작은 부분의 일부로 생각하지 않는 데서 기인한다고 생각합니다. 六十甲子가 무엇입니까? 우주 자연의 순환 체계를 글자로 표현해 놓은 것 아닌가요? 그렇다면 인간의 문제를 푸는 데는 그 자연 속으로 들어가 자연의 섭리를 이해하게 되면 어렵지 않게 답을 얻을 수 있지 않을까요?

四柱八字라는 글자를 분석하는 데 필요한 주변 환경의 도구들을 달달 외우는 학문이 아닌 그 글자의 뜻을 이해하고 숙고를 통해 스스로 터득할 때 여러분의 앞날을 예지하는 능력을 얻을 수 있으리라 믿습니다.

자, 그럼 본론으로 들어가서 첫째 음양입니다. 여러분 중에 陰과 陽을 모르시는 분은 없을 것입니다. 한번 간단히 생각해 볼까요? 낮과 밤, 밝음과 어두움, 태양과 달, 남자와 여자, 플러스와 마이너스. 이렇게 열거하기 시작하면 한도 끝도 없을 것입니다. 그런데 여기서 꼭 한 가지 기억해야 할 것은 음과 양이 둘이 아닌 하나라는 사실을 잊으면 안 됩니다. 동전에도 앞면 뒷면이 있지요. 陰陽의 모체(母體)는 태극입니다. 태극은 원형입니다. 이 태극에서 음양이 탄생했는데 원형은 하나입니다. 그래서 陰과 陽은 둘이 아니라 하나라는 것입니다. 우리나라의 태극기를 연상하면 쉽게 이해가 되겠지요. 전 세계에서 태극을 국기로 사용하는 나라는 대한민국밖에는 없습니다.

오행(五行)

　두 번째로는 이 陰陽에서 五行이 탄생하게 되는데요. 목(木)성, 화(火)성, 토(土)성, 금(金)성, 수(水)성의 5개의 별이 탄생하게 됩니다. 그런데 왜 五行이라고 했을까요? 그것은 5개의 별이 고정되어 있는 게 아니라 움직인다고 해서 행(行)자를 붙인 것을 알 수 있습니다. 즉, 변화한다는 것입니다. 참고로 덧붙인다면요, 여러분이 들어 보신 적 있는 주역에는 五行이 없습니다. 주역에는 陰陽밖에 없습니다 ― 획은 양이고 - - 획은 음입니다. 그래서 주역은 음과 양으로만 표현하는 학문입니다.

천간(天干)

세 번째는 이 五行이 또 陰과 陽으로 세분화합니다.

木星	火星	土星	金星	水星
양 음	양 음	양 음	양 음	양 음
甲 乙	丙 丁	戊 己	庚 辛	壬 癸

이처럼 五行을 양과 음으로 분리(分離)하니

陽의 성분은 甲木 丙火 庚金 戊土 壬水가 되고

陰의 성분은 乙木 丁火 辛金 己土 癸水가 됨을 알 수 있습니다.

정리해 보면 양간(陽干)은 甲 丙 戊 庚 壬이 되고 음간(陰干)은 乙 丁 己 辛 癸가 됨을 알 수 있습니다. 이와 같이 五行을 陰陽으로 분리(分離)하니 10개 하늘의 글자. 즉, 天干인 갑을병정무기경신임계(甲乙丙丁戊己庚辛壬癸)의 십천간(十天干)이 됩니다.

지지(地支)

다음은 하늘의 기운이 있으면 땅의 기운도 있겠지요.

木		火		土		金		水	
양	음	양	음	양	음	양	음	양	음
寅 卯		巳 午		辰戌 丑未		申 酉		子 亥	

이처럼 땅의 글자 지지(地支) 五行을 陰陽으로 분리(分離)하니

陽의 地支는 寅木 午火 辰戌土 申金 子水가 되고

陰의 地支는 卯木 巳火 丑未土 酉金 亥水가 됨을 알 수 있습니다.

순서대로 정리해 보면 자축인묘진사오미신유술해(子丑寅卯辰巳午未申酉戌亥)가 됩니다. 그런데 여기서 한 가지 의문점은 木火金水星은 지지가 2개씩 배정되는데 왜 土星만은 地支 글자가 4개가 되나요? 다음에 설명할 기회가 있겠습니다만 그것은 땅의 기운에는 계절. 즉, 춘하추동(春夏秋冬)의 4계절이 있지요. 하늘의 氣에는 계절이 없지만 땅에는 4계절이 있습니다. 그래서 각 절기마다 한 글자씩 배속이 되므로 4개가 되는 것입니다. 추후 자세한 설명을 하겠습니다만 아무튼 땅에 氣

運인 地支는 12개라 해서 십이지지(十二地支)라고 합니다.

줄인 말로는 하늘의 기운인 天干을 干이라고 하고요 땅의 기운인 地支를 支라고 표현합니다. 干하면 天干이란 뜻이고요. 支하면 地支를 뜻하는 것입니다. 하늘의 기운과 땅의 기운을 같이 표현할 때는 干支라고 호칭하게 됩니다. 이 음양오행(陰陽五行)을 干과 支로 보기 쉽게 모아본다면 아래와 같습니다.

五行	木星	火星	土星	金星	水星
干	甲乙	丙丁	戊己	庚辛	壬癸
支	寅卯	巳午	辰戌 丑未	申酉	子亥

자, 그럼 다시 한번 정리해 보겠습니다.

干 = 갑을병정무기경신임계(甲乙丙丁戊己庚辛壬癸) ○ ○
支 = 자축인묘진사오미신유술해(子丑寅卯辰巳午未申酉戌亥)

이처럼 하늘의 기운 10개와 땅의 기운은 12개인데요 하늘의 기운 干과 땅의 기운인 支가 무엇이 다를까요? 하늘의 기운인 干에는 계절. 즉, 절기가 없다는 것입니다. 그러나 땅의 기운에는 四時. 즉, 春夏秋冬의 사계절이 있다는 것입니다. 즉, 1, 2, 3月은 인묘진(寅卯辰)月이고 4, 5, 6月은 사오미(巳午未)月이고 7, 8, 9月은 신유술(申酉戌)月이고 10, 11, 12月은 해자축(亥子丑)月이 됩니다. 寅卯辰은 春봄이고 巳午未는

夏여름 申酉戌은 秋가을이고 亥子丑月은 冬겨울이 됩니다. 전 시간에 잠시 언급한 봄에는 寅卯**辰** 여름의 巳午**未** 가을의 申酉**戌** 겨울의 亥子**丑**인데 이렇게 辰土 未土 戌土 丑土는 계절의 끝 글자로 조정자 역할을 하는 土의 글자가 4계절에 있습니다. 그래서 木星 火星 金星 水星의 地支의 글자는 2개씩인데 土星의 地支의 글자는 4개가 되는 것입니다. 이제 이해가 되시나요?

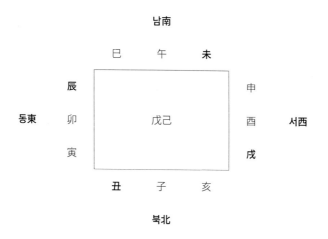

지지장간(地支藏干)

　자 그럼 이번에는 지지장간을 알아보도록 하겠습니다. 지지장간을 줄인 말로는 지장간 또는 암신(暗神)으로도 표현하는데 지장간이란 무엇인가요?

　땅의 기운을 十二地支라 했지요. 즉, 子丑寅卯辰巳午未申酉戌亥를 말하는 것인데요. 이 땅의 기운에는 절기 계절이 있다고 했지요. 또한 이 땅의 기운 속에는 보이지 않는 하늘의 기운. 즉, 天干을 품고 있다고 해서 藏干(장간)이라고 하는데 또한 보이지 않는다고 해서 또한 숨어 있다고 해서 暗神(암신)이라고도 합니다.

　아무튼 이 땅의 기운 地支 속에 하늘의 기운인 天干이 어떻게 들어 있는지 도표를 통해 보도록 하겠습니다.

　비유해 본다면 地支라는 그릇에 하늘의 기운인 천간이 담겨 있다고 할까요. 아무튼 도표를 보죠.

地支	子	丑	寅	卯	辰	巳	午	未	申	酉	戌	亥
초기	10壬	7癸	7戊	10甲	7乙	7戊	10丙	7丁	7戊	10庚	7辛	7戊
중기		7辛	7丙		7癸	7庚	10己	7乙	7壬		7丁	7甲
정기	20癸	16己	16甲	20乙	16戊	16丙	10丁	16己	16庚	20辛	16戊	16壬

앞의 도표에서 보듯이 子라는 땅의 기운 地支에는 하늘의 기운인 임수(壬水)와 계수(癸水)를 품고 있습니다. 또는 子라는 그릇(器物) 속에 壬水와 癸水를 담고 있다 이렇게 표현할 수도 있겠지요. 축이라는 地支에는 하늘의 기운인 天干 癸水와 신금(辛金) 그리고 기토(己土)를 품고 있다는 것입니다. 닭이 알을 품고 있듯이 말입니다. 그래서 지장간이라고 부르는 것입니다. 또한 참고할 것은 땅의 기운에는 계절이 있다고 했지요. 이 계절이 바뀔 때 갑자기 춥고 덥고 하는 게 아니라 초기 중기 정기라는 질서 속에서 계절이 바뀌는 것을 알 수 있습니다.

정리해 보면 땅의 기운 地支에는 2개 또는 3개의 하늘의 기운 天干을 地支가 품고 있다고 해서 지장간이라고 했고요. 또한 이 지장간은 겉으로 드러난 글자가 아니므로 암신(暗神)이라고 한다고 했습니다. 분명 여기 있는데, 땅속에 있으므로 보이지는 않습니다. 덧붙인다면 삼위일체(三位一體)란 말을 여러분은 다 아시죠.

天 → 天干
地 → 地支
人 → 地藏干

천지인(天地人) 이것이 하나인데 天은 하늘의 氣 즉, 象으로 표현되며 地는 땅의 氣 즉, 物로 표현되며 人은 지지장간을 말하는데 인간의 빈부귀천, 희로애락, 길흉화복과 생로병사 등 모든 삶의 형태는 지지장간으로 나타나므로 여러분은 앞으로 地支 장간에 대해 많은 이해와 숙고의 시간을 갖기 바랍니다.

　四柱八字學은 일명 명리학(命理學)이라고도 하는데 또한 정명론(定命論)이라고도 하지요. 이 말은 사람의 命이 定해져 있다는 말이죠. 여기서 命이란 수명만을 뜻하는 말이 아닙니다. 한 생명이 태어나는 순간 빈부귀천이 定해져 있다는 말이기도 합니다. 그런데 간혹 命理學의 서적에서 또는 유튜브 강의를 통해 들어 보면 내가 열심히 노력하면 運命을 바꿀 수 있다거나 나의 긍정적인 생각으로 좋은 운을 만든다거나 하는 말을 듣기도 합니다만 올바른 학문은 아니죠. 열심히 노력한다는 것 자체가 八字에 있어야 하고요. 팔자에 없으면 노력 자체가 무의미한 것입니다.

　내 생각이 좋은 運을 만드는 것이 아니라 좋은 運이 왔을 때 긍정적인 생각을 하게 되는 것입니다. 내가 돈을 벌려고 하는 생각도 내 팔자에 그러한 성분이 있어야 생각도 하는 것이고 八字에 그런 요소가 없으면 돈을 벌겠다는 욕망 자체가 없습니다.

　덧붙인다면 내가 생각하는 모든 것은 이미 내 八字에 定해져 있는 것을 내가 생각으로 행동으로 옮기는 것이지 내 八字에 그런 성분이 없는데 내가 노력해서 생각해서 좋은 運을 만든다는 것은 참으로 命理와는 거리가 먼 얘기입니다.

　말이 나온 김에 좀 더 생각해 볼까요? 여러분 중에 이 세상에 태어나고 싶다고 생각하고 태어난 분 있나요? 내가 이 세상을 하직하고 싶다고 생각하고 하직하시는 분 있나요? 내가 이렇게 질문하면 내가 태어나는 것은 내 마음대로 할 수 없지만 죽는 것은 내 마음대로 할 수 있다고 생각하실 줄 모르겠으나 소위 자살이라는 것도 내가 생각한다고 되는 것은 아닙니다. 이 또한 명에 있어야 하는 것입니다.

이 세상에 태어나는 것도 하직하는 것도 내가 생각한다고 되는 것은 아닙니다. 내 뜻과는 전혀 무관하다는 것을 기억하시기 바랍니다. 그러므로 나의 삶도 내가 사는 것 같지만 엄밀히 말하면 아닙니다. 生死가 내 뜻과는 무관하다는 것입니다.

세상의 모든 사람은 부자로 살고 싶죠. 그런데 왜 부자로 살지 못하죠? 노력은 안 해서 부자가 안 되나요? 부모를 잘못 만나서인가요? 학벌이 없어서인가요? 인간은 태어난 순간 命이 定해진다고 했죠. 즉, 태어나는 순간에 빈부귀천이 定해져 있다는 것입니다.

황당한 얘기 같죠? 그러나 사실인 것을 어찌합니까? 기독교식으로 말하면 내가 태어날 때 천당지옥 갈 것이 定해져 있다는 것입니다. 내가 착한 일 선한 일 자선사업 교회 열심히 다녔다고 천당 가는 게 아니라 태어날 때 이미 定해진 팔자대로 간다는 것입니다. 내가 이렇게 말하면 말도 안 되는 소리라고 하는 분도 계시겠지만 사실인 것을 어찌합니까?

그럼 어떤 분은 노력하고 애쓸 필요 없이 되는 대로 막 살아도 되겠네 하시는 분도 계시겠으나 막 사는 것 또한 마음대로 되는 줄 아십니까? 이 또한 命에 있어야 한다는 것입니다. 이제 이해하시겠습니까?

무슨 얘기냐 하면요. 인간은 자기 뜻대로 사는 것 같지만 사실은 그렇지 않습니다. 이 세상에 나를 누가 보냈나요? 보낸 사람의 뜻에 따라 사는 것이지 내 뜻대로 사는 것이 아니란 말입니다. 즉, 神의 뜻대로 산다는 것인데 하느님을 믿는 사람이라면 하느님의 뜻에 따라 산다고 생각하시면 됩니다.

여기서 잠시 성경에 나오는 구절 하나를 인용하겠습니다. 구약성경 잠언 16장 9절에 나오는 말씀입니다.

사람이 마음으로 자기의 길을 계획할지라도 그 걸음을 인도하는 자는 여호와시다

이게 무슨 말씀입니까?

내가 무엇을 하겠다고 생각하고 노력한다고 해도 그 일을 하고 못하게 결정은 누가 한다고요? 그렇습니다. 나를 이 땅에 보내신 신神 즉, 여호와의 뜻이라는 것입니다. 그 뜻이 무엇이냐고요? 태어날 때 정해진 四柱八字라는 것입니다. 인간은 이 세상에 태어나서 죽을 때까지 내 것이란 없습니다. 그런데 많은 사람이 잘못 알고 있죠. 내 것이 왜 없냐고 말이죠. 등기를 마친 내가 사는 집이 내 것이고 내 명의 자동차가 내 것이고 내 통장에 들어 있는 현금이 내 것이 아니냐고 항변하시겠지만 이는 이 세상에 잠시 사는 동안 잠시 빌려 쓰고 있는 것일 뿐 진정한 내 것은 아닙니다. 남에게 빌린 것은 때가 되면 주인에게 돌려주는 것은 아시죠? 재물(財物)은 물론 자식까지도 내 것이 아닙니다.

모든 것이 진정 내 것이라면 내가 살다 이 세상 하직할 때 가져갈 수 있어야 진정 내 것이라 할 수 있지요.

흔히 하는 말로 수의(囚衣: 죽은 사람에게 입히는 옷)에는 주머니가 없

다고 하지요. 내 것이 아닌데 내 것인 양 착각하고 사는 삶은 항상 고단하고 불안하며 고통스러운 삶을 살아가게 되는 것입니다. 그래서 불가에서 하는 말 중에 내려놓으라, 내려놓으라 하지요. 재물의 욕망도 권력의 욕망도 명예의 욕망도 내 것이 아닌데 내 것인 양 붙들고 씨름하니 내려놓으라는 것입니다.

그런데 이 내려놓는 것도 내 의지로 되는 것이 아니라는 것을 내려놓으라고 하시는 분도 그 뜻을 모르시니 답답하기는 마찬가지죠. 아무튼 이 세상 사는 동안 내 삶이 내 것이 아니듯 진정한 내 것이란 없습니다. 이 세상 사는 동안 잠시 빌려 쓰고 있는 것입니다.

요즘 자녀 문제로 상담을 오시는 父母님의 걱정이 태산입니다. 결혼 문제 직장 문제 부동산 문제 등으로 상담하러 오시는 분이 많으신데 참으로 안타까운 일입니다. 30~40대 자녀를 어린애 취급하고 계시니 말입니다. 성인이 된 자녀는 내 자식이 아닙니다. 빨리 벗어나야 합니다. 내가 낳은 자식이라도 성인이 되면 우리 부모(父母)님의 역할은 끝난 것입니다. 즉, 神으로부터 부여받은 양육 기간이 끝났다는 얘기입니다. 양육 기간을 벗어난 자녀는 자기의 命대로 살아가게 되어 있는 것입니다. 내 자식이라도 내 소유물이 아니란 말씀입니다. 빨리 손을 놓을수록 자녀에게도 유익하고 父母님도 평안해지실 것입니다.

자 그럼 다시 본론으로 돌아와서 이번엔 육십갑자(六十甲子)에 대해 알아보겠습니다. 육십갑자에 들어가기 전에 지금까지의 내용을 요약해 본다면

첫째가 陰과 陽이고 둘째가 陰과 陽에서 탄생한 五行에 대해서 알

아보았고 셋째가 하늘의 氣運인 天干에 대해서 알아보았고 넷째가 땅의 氣運인 地支에 대해 알아보았습니다. 마지막 다섯 번째로 地支의 器物(그릇)에 담겨 보이지 않는 天干의 글자 地支장간에 대해 알아보았습니다.

삶

삶이란 기다림의 연속이다

각자의 삶에는 자기만의 고통과 아픔이 있겠지만

기다림은 최고의 해결책입니다

기다릴 줄 모르는 삶은 불안 초조의 연속일 뿐입니다

그것이 인간의 삶입니다

주역에 나오는 坎而後止(감이후지)란 이런 뜻 아닐까요?

梅山

제
2
장

육십갑자(六十甲子)

　六十甲子란 하늘의 기운. 즉, 天干 한 글자와 땅의 기운. 즉, 地支 한 글자가 만나 순행하게 되는데(지구의 공전과 자전) 하늘의 氣運인 10개의 天干과 땅의 氣運인 12개의 地支가 陽은 陽과 陰은 陰과 짝을 지어 순행하게 되는데 하늘의 기운인 천간은 10개이고 땅의 기운인 地支는 12개인 고로 땅의 글자인 地支의 11번과 12번은 하늘의 글자인 天干이 없겠죠. 그래서 이러한 현상을 空亡(공망)이라고 하는데 이 공망에 대해서는 차후 설명하기로 하고요. 이 공망을 일명 천중살(天中殺) 이라고도 하는데 하늘이 비었다는 뜻으로 이해하시면 됩니다. 육십갑자를 알기 쉽게 도표로 보겠습니다.

筍	六十甲子										순중공망	四大공망
1	甲子	乙丑	丙寅	丁卯	戊辰	己巳	庚午	辛未	壬申	癸酉	**戌亥**	水
2	甲戌	乙亥	丙子	丁丑	戊寅	己卯	庚辰	辛巳	壬午	癸未	**申酉**	○
3	甲申	乙酉	丙戌	丁亥	戊子	己丑	庚寅	辛卯	壬辰	癸巳	**午未**	金
4	甲午	乙未	丙申	丁酉	戊戌	己亥	庚子	辛丑	壬寅	癸卯	**辰巳**	水
5	甲辰	乙巳	丙午	丁未	戊申	己酉	庚戌	辛亥	壬子	癸丑	**寅卯**	○
6	甲寅	乙卯	丙辰	丁巳	戊午	己未	庚申	辛酉	壬戌	癸亥	**子丑**	金

여기서 1순(筍), 2순 하는 순이란 대나무의 마디를 뜻하는 말로, 처음 甲子로 출발해서 다시 **甲이 子를 만나는 시간 60년**(환갑, 회갑)을 뜻합니다.

도표에서 보듯이 天干의 양을 글자 甲木과 地支의 양의 글자 子가 만나고 또한 음의 글자 天干 乙木과 地支의 음의 글자 丑土가 한 조가 되어 甲子 乙丑 丙寅 丁卯 이렇게 순행하는 것을 볼 수 있습니다.

이렇게 순행하다 보니 처음에는 甲이 子를 만나 순행하다가 甲木이 子水를 다시 만나는 시점이 60년이 되어야 다시 만나게 됨을 알 수 있습니다. 甲子가 다시 만나는 것이 60년 만에 다시 만난다고 해서 환갑 또는 회갑이라고 합니다.

얼마 전까지만 해도 60년을 살면 장수했다고 해서 축하하는 의미로 환갑잔치 또는 회갑잔치를 하는 풍습이 있었으나 요즘은 보기가 쉽지 않은 시대가 됐습니다. 아무튼 이 육십갑자란 지구가 순행하는 시간 표다 정도로 이해하시면 됩니다.

그럼 이번에는 陰陽에서 태어난 五行을 좀 더 살펴보기로 하겠습니다. 우리가 사는 우주는 혼자가 아니랍니다. 더불어 같이 공전하는 7개의 별이 직간접적으로 우리가 사는 우주에 영향을 미치고 있는데요 그 첫 번째가 태양이죠. 두 번째가 달이고 나머지 火星, 水星, 木星, 金星 마지막으로 土星별입니다.

우리가 쓰는 책력. 즉, 달력이라고 하지요 日, 月, 火, 水, 木, 金, 土요일 이렇게 말입니다. 이처럼 우주 자연 속의 아주 작은 일부인 우리 인간은 자연 속의 氣를 통해 먹고 마시고 호흡하며 살아가고 있는 것입니다. 그래서 우리 인간을 소우주라고 하지요.

간단한 예 한 가지만 든다면 지구에는 오대양 육대주가 있지요. 우리 인간에게는 오장육부가 있답니다. 이러한 예 하나만 보더라도 소(小)우주라 할 수 있겠지요.

우리에게는 12달 24절기 24시가 있는데 이 또한 우주 자연의 섭리를 그대로 옮겨 놓은 것임을 알 수 있습니다.

우리 선조님의 혜안에 감탄할 뿐입니다. 그럼 다시 본론으로 돌아와서 五行이 가지고 있는 하늘의 기운. 즉, 天干은 어떤 성향을 가지고 있을까요? 天干하면 아시겠죠 甲乙丙丁戊己庚辛壬癸가 생각이 나야 겠지요. 이것이 하늘의 氣運입니다.

　五行 중에 木星은 甲木과 乙木으로 나눈다고 했습니다. 이렇게 나누는 이유는 그 하는 역할의 氣運이 다르기 때문입니다. 일반적으로 甲木하면 큰 나무다 이렇게 생각합니다만 사실 甲木은 나무가 아닙니다. 우리가 어떤 물체를 설명하고자 할 때 볼 수 있고 만질 수 있어야 설명하기가 쉬울 텐데 五行의 氣라는 것은 볼 수도 만질 수도 없으니 그래서 이 五行을 象으로 표현하는데 이 기상(氣象)이란 생각 같은 것입니다.

　갑목(甲木)을 나무로 칭하는 것은 목성(木星)이 가지고 있는 성질이나 성향이 우리가 알고 있는 큰 나무와 같은 氣質이 유사하므로 나무에 비유한 것입니다. 甲木은 나무가 아닙니다. 비유를 든 것뿐입니다. 조금 이해가 되시나요. 아무튼 木星인 甲木은 씨앗이 발아하고 성장하고 자립하며 기둥과 같은 커다란 나무로 비유하는데 이렇게 커다란 나무는 제재를 하면 목재(木材) 즉, 집을 지을 때 재목으로도 사용할 수 있겠지요.

　재목이 나온 김에 잠시 짚고 넘어갈까요? 우리가 보통 나무하면 살아있는 나무 즉, 生木이라고 하지요. 또한 죽은 나무는 死木이라고 하지요. 우리가 집을 지을 때 쓰는 나무는 물이 질질 흐르는 생목으로 집을 지을까요? 아니죠. 여기서 나무하면 먼저 生木과 死木을 구분할 줄 알아야 용도에 맞게 사용할 수 있겠지요.

　아무튼 이 생목(生木)과 사목(死木)을 구분하는 법을 앞으로 상생(相生)의 법칙과 상극(相剋)의 법칙을 공부하면서 알게 되겠습니다만 간단히 요점만 설명한다면 봄과 여름의 나무는 生木이고 가을과 겨울의 나무는 死木이 됩니다.

그럼 계절은 어떻게 아냐고요? 아직 배우지 않았습니다만 몇 월에 태어났는가로 알 수 있습니다. 아무튼 이 生木과 死木을 구분하는 방법은 차차 확실하게 알게 되는 시간이 있습니다.

그럼 하늘의 기운 十天干의 성향 천문(天門)성 등을 간략하게 알아보겠습니다.

갑목(甲木)

큰 나무, 재목, 生木, 死木, 발아, 성장, 자립 등등 여러분의 상상력을 동원해서 더 많은 재료들을 발굴하시기 바랍니다. 天門성으로는 雨雷(우뢰)로 천둥이나 번개 같은 것으로 표현할 수 있고 동물로는 여우로 비유하기도 하는데 여우는 자립심이 강한 동물로 알려져 있기 때문입니다.

을목(乙木)

木星에는 甲木과 乙木이 있는데 甲木이 큰 나무라면 乙木은 가지로 생각할 수 있고 초목 덩굴 화초 등으로 표현합니다. 天門성으로는 바람(風)이고 동물로는 담비에 비유하기도 하는데 그것은 자존심이 매우 강한 야행성 동물이기 때문입니다.

병화(丙火)

丙火는 커다란 불을 의미합니다만. 즉, 태양 같은 빛을 위주로 비유합니다. 불은 번성 확산 같은 것으로 비유하고 짐승으로는 사슴 같은 것으로 비유하는데 자만심과 교만으로 인해 타협이나 양보 같은 것이 어려운 특성을 가지고 있습니다. 또한 태양에 비유한다고 했는데 태양은 아무리 커도 라면을 끓여 먹을 수 없겠지요. 사주를 분석할 때는 주로 빛의 기능으로 사용하게 됩니다.

정화(丁火)

丁火는 작은 불로 표현하는데 촛불이나 등불 같은 것으로 표현합니다 다만 촛불에 많은 양의 장작을 넣으면 큰불이 되겠지요. 그래서 丙火는 주로 빛으로 사용한다면 丁火는 주로 열로 사용하는 것입니다. 열은 쇠를 녹일 수 있겠지요. 짐승으로는 노루로 표현하는데 특성은 陰地에서 서식한다는 것입니다.

무토(戊土)

큰 山이나 제방 같은 것으로 비유하면 저녁노을로 비유하기도 합니다. 丙火 태양이 지면 노을도 사라지겠지요. 짐승으로는 단독 생활을 주로 하는 늑대나 표범 등으로 비유되며 土는 東西南北의 中央에 위치하므로 중립성을 유지합니다.

기토(己土)

戊土가 큰 山 제방 같은 것이라면 己土는 논밭(田畓) 같은 것으로 표현되면 濕土가 되고 天門성으로는 구름으로 비유되고 동물로는 유일하게 바다 갯벌의 게로 비유하는데 게는 단단한 등껍질을 벗기면 내면은 연약함을 뜻합니다. 또한 결벽증에 비유하기도 합니다. 게는 똑바로 걷지 못하죠. 성향이 긍정보다는 부정적인 면이 앞섭니다.

경금(庚金)

커다란 쇳덩어리, 원쇠, 강철로 비유되며 天門성으로는 달(보름달)로 비유되고, 짐승으로는 까마귀로 비유되며 영리하고 지극한 효성으로도 비유됩니다.

신금(辛金)

辛金은 금은보석으로 비유되며 바늘이나 침, 天門성으로는 서리(霜)로 비유되며 짐승으로는 꿩으로 비유되는데 감수성이 예민하고 돌다리도 두들기는 유형이나 때론 자기 꾀에 자기가 넘어가는 경향도 있습니다.

임수(壬水)

壬水는 큰 강물이나 바다로 비유되며 추로(秋露) 가을비, 짐승으로는 제비에 비유합니다. 제비는 철새로 강남을 오고 간다고 해서 견문이 넓고 물은 생명을 창조하고 제비의 삶은 바쁘기 그지없습니다.

계수(癸水)

壬水가 바다 강물이라면 癸水는 빗물 개울물 하천 등으로 비유되면 이슬비(春霖) 짐승으로는 박쥐에 비유하기도 합니다. 박쥐의 두 마음 아시죠. 속과 겉이 다르다고 할 때 비유됩니다. 아울러 癸水 박쥐는 사교적인 면이 탁월한 것이 특성입니다.

이와 같이 하늘의 氣運인 十天干이 가지고 있는 특성을 대략 비유로 들었습니다만 여러분의 상상력을 동원해서 더 많은 비유를 발굴해서 四柱八字를 看命(분석)할 때 유용하게 활용하시기 바랍니다.

자, 그럼 이번에는 땅의 기운 즉, 地支의 특성을 알아보도록 하겠습니다. 땅의 기운(氣運) 하면 이제 아시겠지요. 쥐띠 소띠 하는 것 말입니다.

즉 子丑寅卯辰巳午未申酉戌亥의 地支의 글자를 뜻합니다.

자수(子水)

子는 쥐입니다. 쥐는 다산의 동물이죠. 그래서 생명의 창조로 비유됩니다. 하천이나 하수구 陰地를 좋아하고 박쥐의 두 마음을 품고 있으며 도화살로 인해 사교적인 면이 뛰어남을 알 수 있습니다.

物象으로는 검은 연못을 상징하고 묵지(墨池)로 비유되기도 합니다. 星辰(성진)으로는 子貴라고 해서 용모 또한 아름답습니다(도화살).

축토(丑土)

丑土는 소의 짐승으로 비유되는데 소는 근면성실하죠. 순하고 착합니다. 또한 듬직한 무게 중심이 있죠. 소는 예부터 제물로 사용되는 짐승이죠. 身病으로 비유되기도 합니다.

인목(寅木)

호랑이는 사납고 무섭죠. 권력, 힘(力), 위엄 등으로 비유되며 物象으로는 廣谷(광곡) 깊은 계곡 큰 산으로도 비유되고 艮方 즉, 동쪽 방향으로도 표시됩니다. 星辰으로는 위풍당당 의리 권세 또는 외로움 등으로 비유됩니다.

묘목(卯木)

토끼는 영리하고 꾀가 많은 것으로 비유되기도 하죠. 한편 자기 꾀에 자기가 넘어가는 경향도 있습니다. 애교가 많고 도화살의 영향으로 많은 사람들에게 사랑을 받습니다. 화초나 바람으로도 비유됩니다. 또한 卯字는 글자가 갈라지는 형상이죠(깨진다는 의미도 있음).

진토(辰土)

용은 실체가 없는 상상의 동물이죠. 모사에 능하고 변덕이 심한 것으로 비유되기도 합니다. 물을 만나 승천하면 용이고 승천하지 못하면 심술꾸러기 이무기에 비유하기도 합니다. 物象으로는 草澤(초택) 풀이 돋아난 연못으로 표현합니다.

사화(巳火)

뱀은 陰과 陽을 갖춘 것으로 알려져 있죠. 몸은 一로 陽인데 혀는 둘로 갈라져 陰입니다. 지혜 학문 등으로 비유합니다. 성서에 아담과 이브를 현혹시킨 게 뱀이라고 하죠. 뱀은 언변에 능한 것으로도 비유합니다. 物象으로는 大驛(대역) 기차역이나 정류장 대합실 같은 것으로 비유하기도 합니다. 星辰으로는 지식이나 학식을 상징하며 외롭고 고독, 장애와 풍파로 비유되기도 합니다.

오화(午火)

말은 동물 중에서 제일 폼나는 짐승이죠. 財福(재복)을 상징하고 또한 우쭐대면서 안하무인의 기질과 고집이 센 것으로도 비유합니다. 物象으로는 봉후(봉화불로 타오르는 탑), 과시욕으로 비유되기도 합니다. 星辰으로는 복록, 복덕, 그리고 자존심이 강한 것으로 비유합니다. 그러나 午火가 중복되면 불길합니다.

미토(未土)

양, 염소 등으로 비유되는데 사막의 선인장으로 비유되기도 하며 身苦(신고) 삶이 고단합니다. 物象으로는 화원이나 정원 또는 사찰 등으로 비유되기도 합니다. 星辰으로는 고독과 외로움 등으로 표현됩니다.

신금(申金)

원숭이는 재주꾼이라고 하죠. 큰 바위나 쇳덩어리, 큰 도시, 효심, 고독성으로 비유합니다. 物象으로는 名都(명도), 큰 도시, 번화가 등을 의미합니다. 星辰으로는 독수공방, 영감, 예술적 감각이 뛰어납니다.

유금(酉金)

酉金은 닭으로 금은보석, 칼, 끊고 맺음이 분명한 것을 상징하고 바늘이나 꿩으로도 비유하는데 자기 꾀에 자기가 넘어가는 것으로 비유합니다. 物象으로는 사원이나 사찰의 鍾(종)으로 비유되기도 합니다. 星辰으로는 칼, 身病, 봉사와 희생정신 등으로 비유됩니다.

술토(戌土)

가을 土는 추수한 후의 田畓(전답)으로 비유되며 의리, 忠心(충심), 큰 山으로 비유하며 특히 예술 방면에 능한 것으로 비유합니다. 物象으로는 불을 지른 들판으로 비유하기도 합니다. 星辰으로는 다재다능, 기술, 예능, 재복으로 비유되기도 합니다.

해수(亥水)

돼지는 장수와 복덕을 의미하고 부지런함과 장수함을 비유합니다. 物象으로는 은하수별, 밤하늘의 별로 비유하기도 합니다. 星辰으로는 장수(수명)인데 富(부) 부자이면 단명하고 貧(빈) 가난하면 장수한다고 전해 내려옵니다.

하늘의 글자와 땅의 글자가 가지고 있는. 즉, 干과 支가 가지고 있는 뜻을 대략 정리해서 알아보았습니다만 여러분의 깊은 사고와 상상력을 동원해서 더욱 많은 것을 찾아 八字 간명(看命) 시 유용하게 사용하시기 바랍니다.

잠시 머리도 식힐 겸 여담 한마디 할까요?
우연히 서점에서 책을 보다가 사실 여부는 모르겠으나 공자님을 여러분은 다 아시죠. 성인(聖人)으로 일컬어지는 중국의 공자님 말입니다. 이 공자님의 출생에 관한 글을 보았는데요. 아버지는 70세이고 어머니는 15세 사이에서 공자님이 출생했답니다. 그런데 공자님의 아버님은 일찍 돌아가시고 홀어머니 밑에서 성장했다고 하는군요. 그렇다면 공자님이 살아온 과정은 보지 않아도 상상할 수 있겠지요. 공자의 공(孔)자도 구멍 공이니 이름도 요즘 말로 한다면 얼마나 촌스럽고 천박한 이름입니까? 그런 공자가 후세에 성인(聖人)으로 불리는 것이 공자님의 피나는 노력으로 이루어진 것일까요? 아닐 것입니다. 공자님뿐만 아니라 모든 聖人 또는 유명하다는 분은 모두 하나같이 본인의 노력과는 무관하게 타고났다고들 하지요. 이 타고났다는 말이 무슨 말입니까? 태어날 때 定해져 있다는 말이죠. 그래서 우리 四柱八字학을 定命論이라고 하는 것이겠지요.

자 그럼 본론으로 돌아와서요 지금부터 본격적으로 四柱八字 공부를 해보도록 하겠습니다. 먼저 사주팔자의 구성과 명칭을 알아보겠습니다.

[구성과 명칭]

時	日	月	年	생년월일시
干	干	干	干	天干(하늘)
支	支	支	支	地支(땅)
時柱	日柱	月柱	年柱	기둥(柱)
자식궁	배우자궁	부모형제궁	조상궁	六神(육친관계)
實	花	苗	根	六神의 흐름표
貞	利	亨	元	나의 시간 흐름표
46~60	31~45	16~30	0~15	나이에 따른 시간 흐름표

* 宮(궁)이란 집을 의미. 星(성)이란 집안에 들어 있는 글자. 즉, 六神.

    도표에서 보는 것과 같이 먼저 生年의 干과 支를 호칭할 때는 年干 年支로 호칭하고 같이 호칭할 때는 年柱로 호칭합니다. 年月日時도 또한 같이 호칭합니다.

세월
년주는 0세부터 15세까지의 성장 과정의 시간표입니다(초년의 환경).
월주는 16세부터 30세까지의 환경(청년 시절)
일주는 31세부터 45세까지의 환경(장년의 환경)
시주는 46세부터 60세까지의 환경을 뜻합니다.(말년의 환경)

옛날에는 수명이 60세를 넘는 일이 적었으므로 60세를 한정해서 기술하고 있으나 요즘은 기본이 80세이므로 여기에 적용하는 사례를 찾아보기 힘들고 두루뭉술 45세 이후는 말년이라고만 적시하고 있습니다만 이 또한 어려운 것이 아닙니다.

지구의 순환 과정을 이해하면 됩니다. 즉, 60세 이상에서 75세까지는 다시 년주(年柱)로 보면 되고 76세부터 90세까지는 月柱로 91세부터 105세까지는 일주(日柱)로 106세부터 120세까지는 時柱로 보면 됩니다. 그런데 이 문제는 원론적인 것일 뿐 현상에서는 大運이 미치는 영향이 크므로 크게 고려할 사항은 아닙니다.

다음은 궁(宮)과 성(星)입니다. 宮이란 집을 말하는 것이고 星이란 宮속에 들어있는 글자. 즉, 육신(六神)을 뜻하는데 잠시 뒤에 실명을 통해 설명해 드리도록 하겠습니다.

다음은 근묘화실(根苗花實)인데요. 年支는 조상宮인데요 나의 조상의 문제. 즉, 나의 뿌리를 알아보는 것이 根입니다. 月支는 苗는 싹이죠. 부모, 형제자매의 문제(환경)를 알아보는 곳이고요.

일지(日支)는 화(花)는 나와 배우자와의 관계를 알아보는 곳이고요.

시지(時支)는 꽃이 피고 지면 열매가 열리지요. 즉, 나의 자식 자녀의 문제를 알아보는 곳이 실(實)입니다.

다음은 원형이정(元亨利貞)인데요. 근묘화실(根苗花實)은 내 집안의 내력(六神)의 흐름표라면 원형이정(元亨利貞)은 내가 살아가는 시간표. 즉, 이정표다 이렇게 생각하시면 됩니다.

자 그럼 지금부터는 실명을 가지고 설명하도록 하겠습니다.

乾命(男), 1944년 10월 27일, 14시(陰)

時 日 月 年

癸 庚 丙 甲

未 戌 子 申

남자의 命을 乾(건), 여자의 命은 坤(곤) 이렇게 기록합니다. 옛날에는 만세력이라는 두꺼운 책에서 四柱八字를 뽑았지만 요즘은 여러분의 폰에서도 어렵지 않게 사주팔자를 뽑을 수 있습니다. 자 그럼 이와 같이 八字가 定해지면 이 글자가 무슨 의미를 가지고 있는지 알아보아야겠지요.

왜 四柱八字라고 했을까요? 年月日時란 4개의 기둥을 말합니다. 그래서 기둥 柱자를 쓰는 것입니다. 그런데 八字란 4개의 기둥 속에 들어 있는 글자가 8개죠. 그래서 八字라고 하는 것입니다.

처음 공부할 때는 天干과 地支 그리고 地支장간을 공부한 적 있지요. 그런데 지장간이라는 것도 있는데 왜 8자뿐인가요?

四柱란 집을 짓는데 기둥이 4개라는 것이고요, 八字(8자)란 그 기둥 안에 칸막이도 하고 인테리어도 하고 그래야 사람이 살 수 있겠지요. 이런 것을 환경이라고 하죠.

이렇게 4기둥과 8자는 볼 수도 있고 만질 수도 있는데 지장간이란 볼 수도 만질 수도 없습니다. 땅속에 숨어 보이지 않기 때문에 四柱八字 숫자에는 포함되어 있지 않습니다.

그러나 보이지 않는다고 없는 것은 아니죠. 쉬운 예로 공기가 보이나요? 안 보이죠. 안 보인다고 없나요? 이와 같이 생각하시면 됩니다. 지금까지 왜 四柱八字라고 하는지를 알아보았습니다.

그럼 지금부터는 四柱八字의 글자 의미를 알아보겠습니다. 한 생명이 이 세상에 태어나면 그 태어난 생명체가 주체가 되는데 그 주체가 나라면 내가 하늘에서 뚝 떨어졌나요? 아니죠. 그 생명체를 만든 父母 또 다른 나와 같은 형제자매 그들이 또 결혼하면 그 배우자 또 거기서 자녀가 생기겠지요. 이런 것을 우리는 무엇이라고 하나요? 六親(육친) 관계라고 하지요. 즉, 부모, 형제자매, 배우자, 자녀 육친 관계를 사주 팔자로 표시해 놓은 것입니다. 다시 말하면 四柱八字란 나를 주체로 한 내 주변의 환경을 표시해 놓은 것입니다.

그럼 이 八字 중에서도 나를 표시하는 주체의 글자는 어떤 것일까요? 그 글자는 年月日時 中에 日의 글자가 8자를 대표하는 글자가 됩니다. 그런데 日의 글자 중에서도 日干입니다. 지난번 명칭에서 배웠죠. 日의 두 글자를 같이 부를 때는 日柱라고 부르고 하늘의 글자 干만 부를 때는 日干이라고 했지요. 이 日干이 8자를 대표하는 글자이면서 나를 표시하는 글자입니다.

그러니까 위에 기록된 실명의 命主는 日干인 庚金이 되겠죠. 그럼 나머지 7글자는 내 주변의 환경이 됩니다. 이럴 때 환경이란 좀 전에 말씀드린 육친 관계가 일곱 글자로 표시된 것입니다. 자 그럼 내 주변의 육친 관계는 어떻게 이루어져 있는지 살펴볼까요?

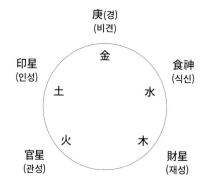

여기서 잠깐 용어 중에 육신(六神), 성(星), 십신(十神), 육친(六親)으로 표현하는데 神이란 글자는 귀신이라는 뜻이지만 귀신을 의미하는 게 아닙니다. 우리 선조님들은 우리 인간을 신으로도 표현해 왔습니다. 아무튼 신이니 성이니 이런 글자는 같은 뜻으로 이해하면 됩니다. 앞으로 진행하면서 더욱 자세한 설명을 드리기로 하고요.

본론으로 돌아와서 위의 그림을 보시기 바랍니다.

비견(比肩)

나와 어깨를 나란히 한다는 뜻인데 나와 같은 형제, 친구, 나와 동급인 가까운 친구를 비견이라고 합니다만 육친 관계로는 내 형제자매가 되고 환경으로는 '나와 가까운 사람이다' 이 정도로 생각하시면 됩니다.

식신(食神)

남자나 여자나 공통적인 것은 일을 통해서 먹는 것을 얻을 수 있지요. 그래서 남녀 공히 일자리다 이렇게 이해하시고요. 남자에게는 妻家(처가) 女命에게는 육친으로 자식의 자리가 됩니다.

재성(財星)

글자 그대로 재물을 뜻하기도 하고요. 재물을 얻기 위해 일을 하려면 건강이 필수죠. 그래서 건강의 자리도 됩니다. 육친으로는 남녀 공히 父親의 자리가 되며 男命에게는 여자(妻)의 자리가 되기도 합니다.

관성(官星)

官은 벼슬 관자죠. 옛날엔 벼슬로 표현했지만 요즘은 직업이나 공무원 같은 것으로 생각하고요. 예나 지금이나 官 하면 나를 제어하는 글자요. 남녀 공히 직업의 자리이며 육친으로는 男命에게는 자식의 자리, 女命에게는 남자(배우자)의 자리가 되기도 합니다.

인성(印星)

인성이란 인(印) 자는 도장 인자죠. 도장은 어디에 찍나요? 요즘은 서명으로 많이 대체되고 있습니다만 아무튼 도장은 각종 서류에 찍죠. 또한 학문이다, 문서다, 또한 나를 生해 주는 글자라고 해서 母字를 사용하기도 합니다. 육친 상으로는 엄마(母)로 표현하는데 남녀 공히 같습니다.

그런데 의문이 드네요? 육신이라고 했는데 왜 五神 밖에 없나요? 그것은 나(命柱)를 포함하지 않았기 때문입니다. 나를 我身이라고도 합니다. 이렇게 我身을 포함시키면 六神이 되겠지요. 아무튼 이렇게 해서 六神에 대해 알아보았는데요. 조금 전 십신이란 표현도 했는데 십신은 무엇인가요?

六神은 五行으로 표시한 것이고요. 十神은 五行을 陰陽으로 분리한 것이 십신입니다. 육신=비식재관인(比食財官印)인데 十神은 이것을 음양으로 분리시킨 것입니다.

예를 든다면 六神에서 자식으로 표현했다면 十神에서는 음양으로 分離해서 보면 아들과 딸로 표현할 수 있겠지요.

命式을 가지고 六神, 十神, 六親 관계를 알아보겠습니다.

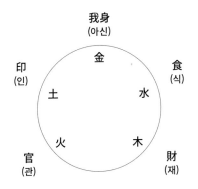

水	我身	火	木
癸	庚	丙	甲
未	戌	子	申
土	土	水	金

年干 甲木 財　年支 申金 比

月干 丙火 官　月支 子水 食

日干 我身 金　日支 戌土 印

時干 癸水 食　時支 未土 印

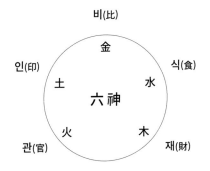

상관	日干	편관	편재
癸	庚	丙	甲
未	戌	子	申
정인	편인	상관	비견

육신	비견	식신	편재	편관	편인
십신	겁재	상관	정재	정관	정인
육친	男女 형제	女 자식 男 처가 공통 직업	男女 父 男 妻	男 자식 女 배우 자 공통 직업	공통 母

年干 甲木은 편재 年支 申金은 비견

月干 양 丙火는 편관 日支 양 子水는 상관

日干 庚金 양은 我身 日支 戌土 양은 편인

時干 癸水 음은 상관 時支 未土 음은 정인

이상과 같이 위의 실명을 가지고 日干(我身)을 둘러싼 환경. 즉, 일곱 글자를 육신, 십신, 육친을 대비해서 알아보았습니다. 이번에는 相生과 相剋의 이치를 통해 육신과 십신의 뜻을 좀 더 이해하기 쉽게 설명하도록 하겠습니다.

녹봉(祿俸)

요즘 언론에서 화두가 되고 있는 소고기 초밥 등에 대한 보도를 보면서 생각해 본다. 시장 도지사의 녹봉이 얼마인지는 모르겠으나 시장 도지사라면 불철주야 시민과 도민을 위해 고생하시는 분인데 서민들은 언감생심 꿈이야 꾸랴마는 그래도 한 나라의 시장 도지사의 관료되시는 분들이 녹봉이 얼마나 박하게 책정되었기에 소고기나 초밥도 사 먹을 수 없는 박봉이란 말인가?

국민의 한 사람으로 참으로 죄송한 마음과 안타까운 심정이다. 그러나 한편으로는 씁쓸한 마음을 떨쳐버릴 수 없는 것은 왜일까? 지금은 60년대의 보릿고개 시절도 아니고 지금 우리나라의 국력이 시도지사가 받는 녹봉으로 소고기 초밥을 사 먹을 형편도 안 된단 말인가? 길을 막고 사람에게 물어보면 지나가던 ○도 웃을 일이 아니던가. 그렇다면 이런 사안에 합당한 법이 있을진저 법대로 하면 될 것을 왜 이리 시끄러울까?

그에 앞서 이런 인성을 가진 분들을 시도지사로 뽑아준 시도민은 책임이 없다 할 것인가. 더욱이 이런 사람이 한 나라의 통치권자가 된다면 대한민국은 그야말로 만만세가 되지 않겠는가. 너와 나 우리 모두의 책임이 아닌가. 국민 모두 자성하는 계기가 되길 기대해 보면서....

2022년 2월 11일

梅山

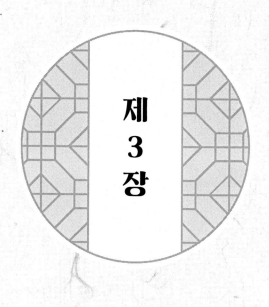

제
3
장

상생과 상극(相生과 相剋)

生은 死를 전제로 존재합니다. 그러므로 生과 剋에서 生은 좋은 것이고 剋은 나쁜 것이라는 개념은 잘못된 것입니다.

여러분이 다 좋아하는 財物 돈은 相生의 글자인가요, 相剋의 글자인가요? 四柱八字학에서 六神 중 印星이 제일 좋은 成分 아닌가요? 우리 엄마(母)의 성분이니 말입니다. 그런데 그 좋은 엄마 成分 때문에 한 인간의 삶이 엉망진창이 되는 것을 우리 주변에서 얼마든지 볼 수 있죠. 그것은 우리 엄마 母成分(印星)이 무조건 주기만 하기 때문에 母의 책임이 큰 것이죠.

엄마가 자식은 기를 때 사랑만 줘서는 안된다는 것이죠. 엄마의 사랑만 먹고 자란 자식은 자기밖에 몰라요. 그래서 우리 엄마한테는 통(通)하는데 밖에 나가면 通하지가 않죠. 그래서 예부터 우리 조상님은 자식에게 혹독하리만큼 매를 들었죠. 요즘은 어떻습니까? 부모나 학교 선생님이 매를 들었다면 가히 상상이 되시죠?

중요한 것은 우리 부모나 학교 선생님의 매는 자식을 올바르게 키우겠다는 일념에서 나온 사랑의 매죠. 그런데 이게 사랑의 매가 아니고 사적인 감정이 섞인 매라면 이것은 폭력이죠. 그래서 문제가 되죠. 우리 사회의 유명인의 뒤에는 반드시 훌륭한 어머니나 스승님이 있죠. 엄마의 헌신적인 사랑과 채찍이 그 자식을 훌륭하게 만드는 것이죠. 이때의 채찍(매)은 魁이 되는 것이죠.

그래서 四柱學에서도 예로 甲木이 엄마일 때 그 자식을 火星이 되는 것이죠. 엄마는 자식을 돕고 사랑하지만 무조건적인 사랑을 주기만 하면 엄마인 甲木은 다 타서 잿가루만 남게 되겠지요. 그래서 이것을 견제하는 成分이 인성(印星)이죠.

印星이 무엇입니까? 학문과 지식의 자리죠. 日干인 命柱에게는 엄마이지만 火星인 자식에게는 할머니가 되겠지요. 지식을 쌓는 것은 印星을 키우기 위함인데. 즉, 사람다운 사람, 인격적인 사람을 키우기 위해 공부하는 것인데 요즘의 교육은 어떻습니까?

길거리에 나가서 아무나 붙잡고 왜 힘든 공부를 하냐고 묻는다면 열에 아홉은 다 돈을 많이 벌기 위해서라고 답할 것입니다. 그렇게 애를 쓴다고 돈을 버는 것도 아니지만요.

아무튼 그렇게 악착같이 해서 많은 돈을 벌었다고 해요. 그렇게 해서 부자가 된 사람은(부자가 되지도 않지만) 印星의 견제가 없이 成長했기 때문에 한마디로 인간미가 없고 동물 같은 수심만 가득하죠.

전에 어떤 책에서 이런 글을 본 기억이 납니다. 요즘 애들이 반항적이고 성격이 난폭하다고요. 왜 그럴까요? 다 그런 것은 아닙니다만 답은 간단하죠. 왜냐하면 사람은 태어나서 엄마의 母乳를 먹고 따스한 엄마의 품에서 엄마의 심장 뛰는 소리를 들으며 자라야 하는데 요즘은 어떤가요?

엄마의 따스한 심장 뛰는 소리는 간데없고 분유를 먹고. 이 분유가 무엇입니까? 소의 젖이 아닙니까? 이렇게 소의 젖을 먹고 성장하는 아이가 되니 印星은 간데없고 송아지처럼 들이받는 것이지요. 다는 아니지만 요즘 뉴스에 종종 재벌가의 자식, 권력가의 자식, 유명 인사의 자식들이 도박이다 마약이다 또한 성에 관한 여러 가지 추문들로 떠들썩하죠. 일반인들은 상상할 수도 없는 거액의 돈을 도박이나 노름으로 탕진했다는 보도를 말입니다.

이러한 문제에는 여러 요인이 있겠지만 일차적으로는 父母의 책임이 크죠. 相生만 있고 相剋이 없었기 때문입니다. 이처럼 相生과 相剋을 대립의 관계로만 볼 것이 아니라 조화와 견제의 관계로 보아야 하는데 우리가 보통 공부할 때는 相生은 좋은 거고 相剋은 나쁜 것으로 배우죠. 잘못 공부하는 거죠.

얼마 전 60대 초반의 손님이 상담차 오셔서 이런저런 세상 얘기를 하다가 시계를 보더니 '어머나 시간이 벌써 이렇게 됐네. 우리 애기 약사 가지고 가야 하는데.' 하며 일어나시기에 애기가 몇 살이냐고 물으니 32살 여자랍니다.

요즘 딸 가진 父母님들 다는 아니겠지만 대개가 이러실 겁니다. 물론 父母가 보기엔 자식이 70~80을 먹어도 어린애처럼 보이죠. 그래서 옛날에도 80 먹은 노모가 60~70 먹은 자식이 나갈 때 차 조심하라고 하죠.

아무튼 30세 딸이 감기에 걸린 정도는 본인이 약국으로 알아서 가야죠. 다는 아니겠습니다만 아무튼 相生만 있고 相剋이 없으면 그렇게 成長한 자식 父母가 언제까지 뒷바라지해 줄 수 있을까요?

본론으로 돌아와서 五行의 相生과 相剋을 말씀드렸습니다만 相生과 相剋은 대립의 관계가 아닌 균형과 견제의 문제로 보아야 여러분의 命을 看命할 때 유용하게 될 것입니다.

상생(相生)

그럼 五行의 相生과 相剋이란 무엇인가요? 五行의 相剋은 膨脹(팽창)의 순환. 五行의 相生은 收縮(수축)의 순환. 한마디로 말한다면 '+(플러스)', '-(마이너스)'인데 부족한 것은 더해 주고 지나치게 과한 것은 제어해 주는 것인데. 즉, 相生과 相剋이란 균형 또는 평형의 관계라 할 수 있습니다.

五行에서 木은 火를 生해 주고 木生火 이렇게 부르고요.
火성은 土를 生해 주고 그래서 火生土 이렇게 부르고
土성은 金을 生해 주고 그래서 土生金 이렇게 부르고요.
金성은 水를 生해 주고 그래서 金生水 이렇게 부르고
水성은 木을 生해 주고 그래서 水生木이라고 부릅니다.

목생화(木生火)

화생토(火生土)

토생금(土生金)

금생수(金生水)

수생목(水生木)

[상극(相剋)]

목극토(木剋土)

토극수(土剋水)

수극화(水剋火)

화극금(火剋金)

금극목(金剋木)

상극(相剋)

　상극이란 五行의 膨脹의 순환입니다. '木剋土 土剋水 水剋火 火剋金 金剋木' 이것이 相剋인데 위의 도표와 같습니다. 그런데 相生 관계에서 의문점이 생기는 것은 相生이란 원래 윈윈 관계가 아닌가요? 내가 너를 도우면 너도 나를 도울 수 있어야 상생 관계가 아닌가요? 그런데 五行의 相生 관계는 뭐가 좀 안 맞는 것 같죠. 자, 볼까요? 木生火라면 반대로 火도 木을 生할 수 있어야 이치에 맞는데 그렇지 않죠. 불인 火는 木인 나무를 도울 수 없음을 알 수 있습니다. 그래서 엄격히 말하면 相生이란 표현은 안 맞는 것 같지만 이치를 살펴보면 틀린 것이 아니란 것을 알 수 있습니다. 그렇다면 불인 火는 어떻게 나무인 木을 도울 수 있을까요?

그것은 相剋의 도표에서 보듯이 나무인 木을 제어(剋)하는 것은 金인데 이 金을 火가 剋(제어)해 줌으로 木의 공격을 차단시켜 주는 역할을 불인 火가 해 준다는 것입니다.

그래서 불인 火가 직접적으로 나무인 木을 生해 주지는 못하지만 나무 木을 공격하는 金을 剋해 줌으로 해서 나무인 木을 이롭게 하는 이치가 있는 것입니다. 陰과 陽이 하나이듯이 相剋과 相生 또한 뗄 수 없는 관계임을 알 수 있는 것입니다.

자 그럼 이번에는 전 시간에 배운 六神 六親과 연결해 보도록 하겠습니다.

식(食)

八字의 주체는 日干(我身)이 나라고 했습니다. 日干인 내가 剋하는 것이 財星이라고 했지요. 어떤 命에 日干이 甲木이라면 五行으로 木이 生해 주는 글자는 火성이죠. 木生火 이러면 火성은 食의 자리죠. 그런데 日干인 내가 甲木이면 陽의 글자죠. 食의 자리에는 食神과 傷官이 있다고 했지요. 日干인 내가 甲木 陽이니까 生을 받는 丙火면 陽이니까 食神이 되고 丁火는 陰이니까 傷官이 되는 것입니다.

즉 내 몸의 에너지를 소모하는 것이 食인데 내가 甲木 양이니까 같은 양인 丙火는 食神인데 내 몸의 힘(에너지)을 조금 소모해서 먹을 것을 구한다면 丁火 상관은 나와 음양이 다르므로 내 힘(에너지)을 많이 소모해야 먹을 것을 구할 수 있다는 것입니다.

甲木이 女命이라면 六親으로는 食神은 딸이 되고 傷官은 아들이 되겠지요. 이것이 六神과 十神의 차이인데요. 六神하면 육친으로는 그냥 자식인데 十神으로 보면 아들, 딸 이렇게 구분 지을 수 있습니다. 아무튼 우리가 자녀를 양육하는 일이 쉽지 않습니다만 그래도 아들보다는 딸에게 신경도 많이 쓰이고 양육비도 더 많이 들지요. 女命에게는 食神이든 傷官이든 육친으로는 자식의 자리다, 또한 먹을 것을 얻기 위한 일자리다 이렇게 생각하시면 됩니다(아래 도표 참조).

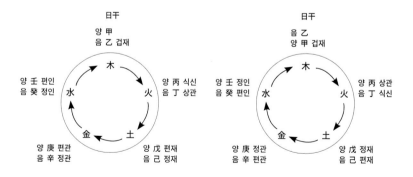

이번엔 庚金 日干을 예로 보겠습니다.

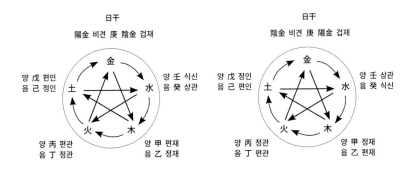

財(재)

日干인 내가 庚金일 때 내가 剋하는 成分은 木이 되겠지요. 즉, 金 剋木 이렇게 말입니다. 내가 剋하는 成分은 木星 財物의 자리와 건강, 六親의 자리로는 男女 공히 父親의 자리고 男命에게는 여자(妻) 배우자의 자리이고요. 내가 生해 주는 자리인 食神이나 傷官처럼 내가 剋하는 木星도 내 몸의 힘(에너지)을 소모해야 財物을 얻을 수 있다는 것입니다. 그렇다면 食의 자리도 財의 자리도 하나는 내가 生해 주고 하나는 내가 剋을 하는데 이 둘 모두 나의 힘(에너지)을 소모해야 얻을 수 있는데 食과 財가 무엇이 다른가요?

예를 들어 볼까요? 내가 生해 주는 食神이나 傷官을 일자리라고 했지요. 일을 해서 당장 얻을 수 있는 재화라면 좀 더 쉽게 설명한다면 요즘 말로 하면 알바 같은 일을 생각하면 되겠네요. 알바해서 얻는 수익은 바로 얻을 수 있지요. 그러나 내가 剋해서 얻는 財物은 당장 얻을 수 있는 게 아닙니다. 예를 든다면 우리가 농사 일을 할 때 볍씨를 뿌리고 모를 심었다고 해서 바로 쌀을 수확할 수 있는 게 아니죠. 우리가 1년 만기, 2년 만기의 적금을 들었다고 생각을 해보세요. 바로 수익이 생기는 것이 아니죠. 내가 剋해서 얻는 재물은 이런 형태의 財를 얻기 위해 나의 에너지를 꾸준히 소비하는 것입니다.

아무튼 庚金 일간일 때는 剋하는 成分이 陽木인 甲木은 편재이고 陰木인 乙木은 정재인데, 甲木은 큰돈으로 아버지한테 상속받는 財라든가 乙木은 적은 돈으로 한 푼 두 푼 저축해서 만들어지는 財라고 하는 서적을 본 적도 있는데 그저 웃음으로 넘기고요, 財星인 木성은 편재 정재 구분하지 말고 그냥 돈이다, 財物이다로 생각하면 됩니다. 돈에는 크고 작고가 없습니다.

중요한 것은 내가 生해 주는 食神이나 傷官 또는 내가 剋하는 편재나 정재는 모두 나의 힘 에너지를 소모해야 얻을 수 있다는 점만 기억하시면 됩니다. 다음은 官성입니다.

관(官)

食은 日干인 내가 生해 주고 財는 내가 剋하는 글자인데 官은 日干인 나를 剋하는 글자입니다. 나를 剋한다는 것은 나를 괴롭힌다, 나를 간섭한다, 나를 통제한다, 나를 억압한다 등으로 나를 힘들게 하는 글자입니다. 국가, 관청, 직업으로는 공무원(기업) 같은 것이고요.

六親으로는 男子에게 자식의 자리고 女子에겐 男子(배우자)의 자리이기도 합니다. 나를 剋한다는 것이 무슨 뜻일까요? 국가기관, 관청은 나를 제재하죠. 예로 세금을 부과하죠. 내가 죄를 지으면 벌을 내리죠. 나의 생활을 직간접적으로 간섭하고 하는 성분이 官입니다. 또한 六親으로는 男子에게 자식의 자리니 자식은 항상 父母 입장에선 애물단지로 항상 마음을 쓰게 하죠. 女子에게는 男子의 자리이자 배우자의 자리이기도 합니다.

日干인 내가 庚金이면 官성은 양은 丙火 편관이 되고 음인 丁火는 정관이 되는데 八字의 편관(일명 殺)과 丁火 정관이 같이 있으면 官殺이 혼잡되어 있다고 표현합니다.

어떤 책에는 官과 殺이 혼잡되어 있으면 나쁘다고 하는데 이는 올바른 표현이 아닙니다. 命에 따라 官殺이 혼잡된 것이 오히려 좋은 경우도 있고 또한 不利한 경우도 있기 때문에 단편적으로 좋다 나쁘다 하는 것은 옳지 못합니다.

아무튼 官은 나를 剋하는 글자인데 편관(殺)은 '나를 剋하는 정도가 심하다'고 해서 殺자를 붙인 것이고 正官은 '나를 剋하지만 그 정도가 좀 유화적이다' 이렇게 생각하면 무난합니다.

인(印)

印星의 印은 '도장 인' 자입니다. 도장은 어디에 찍나요? 요즘은 서명으로 많이 대체되었습니다만 아무튼 도장은 각종 문서에 찍죠. 부동산 매매 계약서 또는 무슨 자격증이라든지 암튼 印은 문서, 학문, 지식 등으로 표현하고 일상생활에서는 흔히 하는 말 중에 인덕이 있다, 없다 등으로도 표현됩니다. 日干인 나를 生해 준다 낳아준다 해서 어미 母자를 쓰기도 합니다.

이 印星도 日干이 庚金인 경우는 土의 成分이 印이 되는데 陽의 戊土는 편인이 되고 陰의 己土는 정인이 됩니다. 흔히 육친 관계를 말할 때 戊土 편인은 庶母 繼母로 표현하고 己土 정인은 나를 낳아 준 親母로 하는 학설을 종종 보게 되는데 친모든 서모든 모두 母로 보면 무난합니다.

정리

자 그럼 이제까지 나열한 六神 六親 관계를 좀 정리해 볼까요?

① 나 日干과 같은 成分인 비견과 겁재는 내 편이 될 수도 적이 될 수도 있는 글자입니다. 五行성분이 같으니 어찌 보면 내 편 같은데 하는 행동을 보면 나를 힘들게 하는 劫財(겁재)의 글자가 되기

도 합니다.

② 내가 生해 주는 食神이나 傷官은 내 힘을 소모해서 먹을 것을 구한다는 뜻이고 여자에게는 육친상으로 자식(아들, 딸)의 자리가 되기도 합니다.

③ 내가 剋하는 財성은 내 힘, 에너지를 소모해서 재물을 축적한다 이렇게 생각하고요. 男子에게는 여자(妻) 배우자의 자리가 됩니다.

④ 나 日干을 剋하는 官성은 나를 힘들게 하는 글자이며 男女 공통으로는 직업의 자리며 男子에게는 자식 女子에게는 배우자의 자리가 됩니다.

⑤ 나를 生해 주는 印성은 우리 엄마처럼 영원한 내 편이며 편안한 글자이며 문서, 학문, 지식, 인덕의 자리가 됩니다.

이와 같이 相生과 相剋의 의미를 六神에 대비해서 생각하니 이해하기가 훨씬 쉽죠.

四柱八字를 간명하는 과정에서 혹자는 生은 좋은 것이고 剋은 나쁜 것 불리한 것으로만 판단하는 분도 있는데 이는 잘못된 것입니다. 相生과 相剋은 균형을 유지하는데 매우 중요하면서 때로 剋이 아주 유리할 때도 있고 또한 相生이 아주 불리할 때도 있습니다. 한 예를 든다면요, 木星인 나무를 돕고 生해 주는 것은 水星이 印이 되는데요 木성인 日干이 힘이 없고 허약하다면 木성을 도와주는 水성인 印이 반드시 필요하겠지요. 그러나 日干인 木성이 힘이 넘치고 강하다면 어린애로 비유해서 건강하고 우량아인 아이에게 자꾸 인삼이나 녹용 등

보약을 복용시킨다면 어떻게 되겠습니까? 오히려 건강을 도와주는 것이 아니라 비만증으로 어려움을 겪게 될 것입니다.

그러므로 日干이 허약할 때는 약할 때는 도와주고 生해 주는 印성이 반드시 필요하지만 日干이 힘이 넘치고 강건하다면 오히려 印성은 도움이 되는 것이 아니라 해가 됨을 알 수 있습니다. 그러므로 나를 도와주고 生해 주는 印성은 八字의 유형에 따라 좋을 수도 나쁠 수도 있다는 것을 알아야 합니다.

이상과 같이 生剋의 이치를 살펴보았는데요. 무조건적인 生은 좋고 剋은 나쁘다는 사고는 올바르지 못한 것입니다.

강약(強弱)

자, 그럼 지금부터는 八字의 어느 成分이 힘이 있고 없고를 가늠하는 잣대가 되는지 알아보도록 하겠습니다.

八字에서 힘이 있으면 강 힘이 없으면 약하다고 했는데 그렇다면 어떻게 강약을 구분하나요? 六神의 강약을 볼 때는 天干에 드러난 투간(透干) 글자만 보는 것입니다. 그렇다면 八字에서 드러난 글자는 4개지요. 그 첫 번째가 天干. 즉, 年干이고 두 번째가 月干이고 세 번째 日干, 네 번째는 時干이 되겠지요. 이 天干의 글자가 땅의 글자 地支장간 속에 드러난 글자와 같은 五行의 글자가 있는가 없는가로 강과 약이 정해집니다.

실명을 보면서 강약을 알아보도록 하겠습니다.

상관	일간	편관	편재
癸	庚	丙	甲
未	戌	子	申
丁 乙 己	辛 丁 戊	壬 癸	戊 壬 庚

　실명에서 편재 甲木은 時支인 未 中에 乙木을 보아 뿌리를 내렸다고
해서(通根) 財는 강합니다.

　月干 丙火 편관은 時支 未 中의 丁火와 日支의 戌 中 丁火를 보아 편
관인 丙火도 강합니다.

　日干인 庚金(我身)은 年支 申 中에 庚金을 보아 강하고 日支의 戌 中
에도 辛金을 보아 日干 역시 강합니다.

　時干 癸水 상관은 月支인 子 中에 壬水와 癸水에 뿌리를 내려(通根)
강합니다.

　정리해 보면, 年干인 甲木 편재는 時支의 未 中 乙木에 뿌리를 내려
강하고,

　月干인 丙火 편관은 時支와 日支에 뿌리를 내려 강하고,

　日干(我身)은 年支인 申과 日支인 戌 中의 庚과 辛을 보아 강하고,

　時干인 癸水 상관은 月支인 子 中에 壬水와 癸水를 보아 강합니다.

　이처럼 강하다 약하다 하는 것은 天干에 드러난 글자가 地支의 글

자에 지지장간에 자기의 成分인 五行의 글자가 있으면 通根했다고 해서 강한 것이고 자기의 成分인 五行의 글자가 없으면 無根. 즉, 뿌리가 없다고 해서 약하다고 하는 것입니다.

참고

시중에 나와 있는 일부 서적 중에 이 강약에 대해서 여러 의견이 게재되어 있는 것을 볼 수 있습니다. 地支 4글자에 점수를 부여해서 月支가 힘이 있으니 몇 점, 다음은 時支가 몇 점, 日支가 몇 점, 年支가 몇 점 이런 식으로 해서 강약을 판별하는데, 개의하지 마시기 바랍니다. 일반적인 상식으로 생각해도 나무가 뿌리를 땅에 깊숙이 내리고 있으면 비바람에 태풍이 와도 뽑혀 나가는 일이 없겠지요. 하늘의 글자 天干은 땅의 글자인 地支를 볼 때 힘이 있는 것입니다. 아울러 강하면 旺하고 衰하면 약하다는 이해 불가한 논리를 펴는 책도 있습니다만 아무튼 강약 왕쇠도 구분 못하는 책도 있다는 것을 참고하시기 바랍니다.

자, 이처럼 強弱에 대해 알아보았는데요 다시 한번 정리해 본다면 天干의 글자가 地支장간 속에 자기의 五行 성분이 있으면 통근(通根)했다고 해서 強한 것이고 뿌리가 없으면 무근(無根)하다고 해서 弱하다고 하는 것입니다. 이제 강약을 아시겠지요?

그럼 왜 이처럼 강약을 알아야 될까요? 그 이유를 알아야겠지요.

그것은 그 드러난 六神이 힘이 있느냐 없느냐를 알기 위함입니다.

흔히 '身강하다', '身약하다'라는 말을 많이 합니다. 왜 身强弱을 따질까요? 日干인 내가 강하다는 것은 우리가 한세상 살아가면서 굽이굽이 어려운 일을 많이 겪게 되는데 그 어려움을 이겨내려는 의지가 있느냐 없느냐를 판단하는 기준이 되기 때문입니다.

다른 예로 財성이 강하다는 것은 돈을 벌어야겠다는 욕망이 강하다는 것입니다. 욕망이 강하다고 해서 다 돈을 벌어 부자가 되는 것은 아니죠.

그럼 돈은 언제 벌게 되는지에 대해서는 다음에 말씀드리기로 하고요. 이처럼 財성이 强하지 않거나 財성이 아예 天干에 透干되지 않으면 돈에 대한 욕망은 고사하고 돈에 대한 관심조차 없는 命인 것입니다. 이제 아시겠죠. 왜 강약을 알아야 하는지 말입니다.

그런데 이 강약은 팔자를 보는 순간 알 수 있는데도 수능 시험 점수 매기듯 月支가 몇 점 時支가 몇 점 하는 식의 강약 판별법은 자연을 이해하지 못하는 데서 기인한 것입니다.

다시 한번 강약을 정리해 본다면 팔자에 드러난 天干의 글자가 땅의 글자 地支 4글자에. 즉, 지지장간에 五行으로 자기의 成分이 있으면 땅에 뿌리를 내렸다고 해서(通根) 강한 것이고 뿌리를 내리지 못하면(無根) 약한 것입니다. 이제 강과 약을 확실히 아시겠죠?

왕쇠(旺衰)

　자, 그럼 이번엔 왕(旺)과 쇠(衰)에 대해서 알아보겠습니다. '왕하다 쇠하다' 하는 말은 줄인 말이고요. '强하다 弱하다' 하는 것은 氣의 문제를 표현한 것이고 旺과 衰란 質의 문제를 표현한 것인데 지금은 조금 어려운 말이죠. 그러나 지금은 그냥 넘어가십시오. 차차 氣가 무엇인지 質이 무엇인지 아시게 될 것입니다.

　아무튼 旺衰란 줄인 말인데요. 원래는 旺相休囚死(왕상휴수사)입니다만 이 글의 뜻은 만물의 흥망성쇠의 과정을 표현한 것인데 旺하지 않으면 나머지인 相休囚死(상휴수사)를 묶어서 衰(쇠)하다고 표현한 것입니다.

　내친김에 덧붙인다면 처음 공부할 때 陰과 陽은 둘이 아닌 하나라고 했지요. 하늘의 氣運인 天干 땅의 氣運인 地支가 둘이 아닌 하나라는 것을 점점 이해하게 될 것입니다. 간단하게 예를 하나 들어볼까요? 여기 큰 나무가 한 그루가 있습니다. 甲木으로 표현할 수 있겠지요. 이 甲木이 양이면 가지는 陰木이 되겠지요. 이 가지를 乙木으로 표현할 수 있겠지요. 그럼 나무의 열매는 어디에 열리나요? 원래 木인 甲木인가요 가지인 乙木인가요? 그렇습니다. 열매는 원목 甲木이 아닌

乙木인 가지에서 열립니다. 그렇다면 원 木인 甲木 나무는 氣가 되고 乙木 가지의 열매는 質이 되는 것입니다.

　그래서 強弱은 氣의 힘의 세기를 나타내는 것이고 旺衰는 氣와 質을 모두 합한 개념이라 생각하시면 됩니다. 비유하자면 원 木인 氣가 없는데 열매(質)가 있을 수 없겠지요. 우리 인간의 삶을 표현하는 도구가 바로 氣와 質의 형태로 나타나게 되는 것입니다.

　八字에서 天干에 드러난 六神의 글자가 강하다 약하다 하는 것은 하늘의 氣運이 힘이 있다 없다(하늘의 뜻)이고 무엇을 얻으려면 반드시 힘이 있어야(하늘의 뜻) 하고 이 강한 힘을 바탕으로 해서 땅의 氣運을 얻게 될 때(질-質) 어떤 결실을 맺게 되는 것입니다. 여기서 땅의 기운을 得해야 한다고 했는데 좀 어렵나요? 이 말은 계절을 얻어야 한다는 말과 같은 것입니다.

　하늘의 글자 天干에는 계절이 없다고 했지요. 그러나 땅에는 四季 즉, 春夏秋冬의 4계절이 있지요. 모든 만물은 이 계절의 영향에서 벗어날 수가 없습니다. 우리 인간의 계절은 어디에 있나요? 그렇습니다. 내가 태어날 때의 달 몇 월에 태어났나요? 꽃 피는 3월인가요, 엄동설한인 동짓달인가요?

　이렇게 인간은 태어난 달이 매우 중요한데요 하늘의 글자 天干이 땅의 글자 地支 중에서도 月支 즉, 계절과 서로 相通할 때 즉, 氣와 質이 서로 만난 상황을 旺하다고 표현하고 그렇지 못한 경우를 衰하다고 표현하게 됩니다. 몹시 어렵나요? 말로 하면 이해가 더 쉬울 텐데 글로 표현하는 것이 엄청 힘들게 느껴지네요. 그럼 실명을 다시 볼까요?

癸	**庚**	丙	甲
未	戌	子	申
		壬 **癸**	

이러한 命에서 天干의 4글자는 甲木 財도 강하고, 丙火 官성도 강하고, 日干 庚金도 강하고, 時干 癸水 상관도 강하고 모두 通根해서 강합니다. 그런데 月支(계절)와 通根한 글자는 어떤 것일까요?

財성인 甲木은 月支에 通根하지 못했습니다. 官성인 丙火 역시 月支 子水에 通根하지 못했습니다. 我身인 日干 역시 月支에 通根하지 못했습니다. 그런데 傷官인 癸水는 어떤가요? 月支 子水에 通根하고 아직 포태법(십이운성, 十二運星)을 배우지 않았습니다만 月支에서 생록왕(生祿旺)을 얻어서 상관인 癸水는 아주 강하고 왕한 것입니다. 이렇게 旺하다는 것은 天干의 글자 六神이 月支에 通根함을 기본으로 하고 月支에서 生이나 祿旺氣를 얻었을 때 旺하다고 표현하는 것입니다.

命式에서 보는 바와 같이 甲木이나 丙火 日干인 庚金은 月支에 뿌리를 내리지 못했으므로 旺衰를 논할 때는 衰한 것이고 時干인 癸水 상관만이 月支에 通根해서 旺한 것입니다.

다시 한번 강조한다면 强하다는 것은 八字 地支 4글자에 天干의 글자가 장간 속에 五行의 글자 성분이 있으면 강한 것이라고 하고 旺이란 오로지 月支에 通根을 기본으로 하라고 했습니다만 月支에 通根했다고 해서 다 旺한 것은 아닙니다. 月支에서 기본으로 通根해야 하고 月支에서 또한 生祿旺을 얻어야 하는데 이 문제는 아직 배우지 않았습니다. 이 문제는 다음 시간에 배우게 되겠습니다만, 지금 시간은 强과 旺이, 弱과 쇠(衰)가 어떻게 다른지만 알면 됩니다. 아울러 이렇게 旺한 成分을 格이라고 하는데 이 또한 격국용신(格局用神)의 시간에 배우게 될 것입니다.

자 그럼 지금까지 강약왕쇠를 알아보았는데요 조금 이해가 가요? 强한 것이 旺하다거나 弱한 것이 衰한 것과 같지 않다는 것을 이해하시겠지요? 강한 것과 왕한 것이 다르고 약한 것과 쇠한 것이 어떻게 다른지 分別할 수 있어야 합니다. 이러한 것을 分別하지 못하면 命을 분석하는 일은 요원하게 됩니다. 즉, 八字의 암호문을 해독할 수 없다는 말입니다.

체용(體用)

　자 이번에는 體用에 대해서 알아보도록 하겠습니다. 체(體)란 한마디로 내 몸을 말합니다. 그리고 用이란 내 몸이 필요해서 나를 보좌하고 나를 돕는 글자. 즉, 六神이 用이 되는 것입니다. 좀 더 구체적으로 말씀드리면 한 가정에는 가장이 있고 내조하는 부인, 또 자녀가 있겠지요. 이럴 때 體란 가장인 父를 뜻하고 用이란 그 가정의 식구를 뜻한다. 이렇게 생각하시면 됩니다. 한 나라에 임금이 있으면 신하가 있고 직장에 사장님이 있으면 직원이 있겠지요. 이와 같은 것이 體와 用의 관계입니다. 이런 관계를 八字로 표시한다면 日干인 내가 體가 되고 나머지 7글자는 用이 되는 것입니다. 이제 體와 用이 무엇인지 아시겠죠?

격국(格局)

　자, 그럼 이번에는 八字를 공부하는데 제일 어렵다고 하는 格局用神에 대해 알아보겠습니다(사실 어렵지도 않고 그리 중요하지도 않은데 古法을 탈피하지 못해서 일어나는 현상).

　이 어렵다고 하는 格局用神에 들어가기 전에 먼저 인간의 삶의 형태가 천충만층구만층이란 말 들어 보셨습니까? 이 말이 무슨 말입니까? 인간의 삶이 천이면 천, 만이면 만 명의 삶이 다 다르다는 뜻입니다. 그러니 格 또한 고저는 있지만 헤아릴 수 없이 많다는 것입니다. 이름만 갖다 붙이면 格이 될 수 있습니다. 格이란 용어는 가다, 꼴 같은 것으로 표현하는데요. 좀 더 쉽게 표현한다면 남성들이 양복을 맞출 때 몸의 치수를 재고 하는 일을 가봉한다고 하지요. 그 사람 몸에 잘 맞게 하기 위해서 체격을 재는 행위죠. 그것이 格인데 일반적으로 쓰는 용어 중에 그 사람의 품격이 어쩌구 저쩌구 하고요. 다른 사람과는 품격이 다르다는 등 하는 말 말입니다. 이것이 格입니다.

　모든 사람의 체격이 다 다르듯 八字에서의 格 또한 셀 수 없이 많겠지요. 사주학계에서도 내로라하는 선생님들의 格局찾아 삼만 리라고 하는 우스갯소리가 있습니다만 또한 格局用神을 알면 八字學의 大家

라고 으스대는 분도 계시는데, 앞서 말씀드렸지요 천층만층구만층 말입니다. 갖다 붙이면 格이고 用神입니다.

맞고 틀리고의 문제가 아닙니다. 格局用神이란 우리 삶에 그렇게 커다란 비중이 없다는 것입니다. 그런데 왜 格局이 四柱八字의 전부인 양 소리가 클까요? 그것은 사람들의 호기심이 外皮에 있기 때문입니다. 外皮가 무슨 말이냐고요? 겉모습 말입니다. 사람들의 호기심을 자극하는 것이 外皮 곧 겉치장입니다. 이러한 심리를 좇다 보니 八字學에서 格局用神이 무슨 만병통치약인 양 호도합니다만 格이란 추상적인 개념입니다. 키가 크고 건장하다고 해서 다 건강한 것은 아닙니다. 좋은 차를 타고 다닌다고 해서 다 부자는 아닙니다. 명품백을 들고 다닌다고 해서 다 부자는 아니란 말입니다. 진짜 부자는 내실이 단단한 사람이죠. 이런 사람을 소위 알부자라고 하지요. 外皮에 치중하는 사람을 우리가 뭐라고 하죠? 빛 좋은 개살구, 속 빈 강정이라고 하지요. 우리 八字命式을 볼 때도 이와 유사합니다.

八字에서 財格이라고 해서 다 부자는 아닙니다. 八字를 看命하다보면 財格인데도 불구하고 가난한 사람을 많이 볼 수 있습니다. 왜일까요? 그것은 外皮만 보았기 때문입니다. 八字의 內面을 볼 수 있어야 합니다.

四柱八字 공부를 왜 합니까? 먹고 살고 돈 벌기 위해서죠. 그러니까 돈 벌기 위해서 소위 고객의 비위를 맞추기 위해 해서는 안 되는 말도 하고 액을 면하기 위해 부적을 써야 한다거나 이름이 나빠서 잘 풀리지 않으니 개명을 해야 한다고. 이런 행위는 모두 四柱八字와는 전혀

무관한 잡술에 불과한 것입니다.

사주팔자 공부를 왜 하냐고, 돈 벌기 위해서라고. 이 말이 내가 사주팔자를 공부하게 된 이유였으니까요. 그런데 내가 이 글의 서두에서 말씀드렸듯이 내가 먹고사는 문제와 四柱八字學은 전혀 관계가 없다고요. 내가 태어날 때 이미 그 문제는 定해져 있다고요. 그래서 定命學이라고 한다고요.

이 시대의 四柱八字學의 문제점이 바로 이 문제입니다. 내가 열심히 노력하면 나의 運命을 바꿀 수 있다는 얘기 말입니다. 그래서 제가 첫 페이지에 命과 運은 바꿀 수 없다는 것을 강조한 것입니다.

그럼 다시 본론으로 돌아와서 八字學에서 格이란 추상적인 개념인데 추상이 뭡니까? 일어난 일이 아니죠. 앞으로 '이런저런 일이 일어날 것이다, 또는 일어날 수도 있다, 일어날 확률이 높다' 이런 것이 추상이죠. 어떤 일이 일어났으면 이건 사건이고 현실이죠. 格은 사건이나 현실이 아니죠. 그렇기 때문에 格을 어떤 틀에 집어넣어서 재단하는 것은 옳은 학문이 아니죠. 몇천 몇만의 格이 다 다른데 샘플 몇 개를 가지고 다 맞추려 한다면 혹 맞는 사람도 있겠지만요. 올바른 건 아닙니다.

자연의 섭리는 그렇게 단순한 것이 아닙니다. 그래서 格을 定하는 데도 크게 세 가지로 나눌 수 있는데요 첫째가 內格, 둘째가 外格, 셋째가 기타 雜格으로 나눌 수 있는데요. 이 또한 古法에서 인용했음을 알려드리고 格이란 이런 것이다 정도로 이해하시고 최소한의 세 가지 유형으로 분리하면 다음과 같습니다.

첫 번째 內格이란? 팔자의 月支에서 定해지는 格이 內格인데 正八

格이라고 합니다. 두 번째 外格이란? 月支 外에서 定해지는 格을 말합니다. 세 번째 雜格이란? 첫 번째와 두 번째 外에서 定해지는 모든 格을 雜格이라고 할 수 있는데 우리 인간의 삶이 천층만층구만층이라 했지요. 格을 크게 세 가지로 분류했습니다만 엄격히 말하면 이 또한 하나입니다. 古書에서 말하는 內格. 즉, 正八格을 열거하겠습니다만 이 內格 하나만 이해하면 둘째 셋째의 이름 붙이는 모든 格은 하나라는 것을 이해하게 될 것입니다. 그러므로 格을 어렵게 생각하지 말고 가볍게 생각하시기 바랍니다. 우리나라의 인구가 5천만이라면 格이 5천만 개입니다. 똑같은 사람이 없듯이 같은 格 또한 없습니다. 인간의 얼굴과 지문이 다 다르듯이 말입니다.

그럼 古書에서 말하는 정팔격(正八格)에 대해 알아보겠습니다. 月支에서 定하는 8개의 格을 吉神과 凶神으로 나누는데 이 또한 나중에 알게 되겠지만 吉神이라고 해서 다 좋다거나 凶神이라고 다 나쁜 건 아닌데 古書에서는 이렇게 일방적으로 정해 놓고 시작합니다. 아무튼 사길신(四吉神), 사흉신(四凶神) 하는데 먼저

사길신 四吉神 = 食神格 財格 正官格 正印格

사흉신 四凶神 = 偏官格 傷官格 偏印格 陽刃格

이렇게 부릅니다만 엄격히 말하면 四吉神 四凶神으로 분류하는 것부터가 이치에 맞지 않으나 고서에 기록된 내용을 그대로 나열해 보았습니다.

세상은 하루가 다르게 변하고 있는데 또한 자연의 섭리 또한 바뀌는데 四柱八字學은 여전히 변할 줄 모르고 케케묵은 古書의 문구 하나에서 벗어나지 못하는 것이 오늘날의 四柱八字學의 현주소입니다. 그러니 지금도 과학이니 미신이니 갑론을박만 하고 있는 것입니다. 우리 대한민국에도 전문 대학이 있는데도 말이죠.

옛날 우리 조상님들은 그야말로 가난해서 하는 말이 좀 저속한 표현입니다만 똥구멍이 찢어지게 가난하다는 말을 할 정도로 그야말로 초근목피로 연명하는 시대가 있었죠. 우리나라에도 60~70년대만 해도 보릿고개라는 말이 얼마 전까지만 해도 있었습니다만 요즘 세대는 이게 무슨 말인지도 모를 것입니다.

살이 쪘다고 다이어트하는 시대에 살고 있으니 말입니다. 서론이 길었습니다만 이 식신격(食神格)이라는 게 배곯는 시절에야 이보다 더 좋은 게 어디 있겠습니까? 그러니 밥 먹는 문제를 해결해 주는 食神格이 吉神이었겠지요. 그런데 지금은 다이어트를 하는 시대인데도 食神이 吉神이라구요? 이젠 바뀌어야 하지 않겠습니까? 또한 이 食神格과 정반대에 있는 상관격(傷官格)은 凶神인데요 왜 凶神이라고 했을까요?

글자 그대로 官을 傷하게 한다고 해서 凶神이랍니다. 吉神이라고 하는 食神을 단편적으로 말한다면 눈앞의 이익에만 치중(이기주의)하는 요소라면 凶神이라는 傷官은 두뇌회전이 빠르고 개발하고 창의력을 나타내는 요소입니다. 지금 시대에 절실하게 필요한 요소죠. 그런데 凶神이랍니다. 왜죠? 글자 그대로 官을 상하게 한다는 것이 그 이유죠. 이 또한 시대의 흐름을 이해하지 못하는 데서 비롯된 것입니다.

예나 지금이나 고위 관료에게 어떤 규율이 없으면 공익이 아닌 사익에 빠지기 쉽죠. 이런 유혹에 빠지지 않게 사전에 예방하는 成分이 傷官이 하는 일입니다. 官을 해치기 때문에 나쁘다 그러니 凶神이다 우리는 이렇게 공부하고 배워왔습니다.

　　이젠 변해야 합니다. 그래야 올바른 사주학을 발전시킬 수 있으며 이 시대에 참다운 인간의 길을 안내하는 길잡이가 될 것입니다. 四柱八字學을 공부하는 것이 타인의 命을 족집게처럼 알아맞추기 위함도 아니고 방편술이라고 부적을 쓰게 유도한다거나, 運을 좋게 하기 위해 개명을 한다거나 하는 것은 올바른 행위가 아닙니다.

　　四柱八字를 공부하면서 느낀 것은 너무 왜곡이 심하다는 것입니다. 合은 좋은 것이고 冲은 나쁘다, 吉神은 좋은 것이고 凶神은 나쁜 것이다, 相生은 좋은 것이고 相剋은 안 좋은 것으로 가르치고 배웁니다. 이러한 것은 사주팔자학을 공부함에 있어 첫 단추가 잘못되었음을 말하는 것입니다. 자연 속에서 인간을 보는 게 아니라 인간에 의한 자연을 보기 때문에 범하는 오류라고 생각합니다.

　　누차 말씀드립니다만 陰과 陽은 하나입니다. 相生은 좋은 것이고 相剋은 나쁘다가 아니고 五行의 相生이란 收縮(수축)의 순환이고 五行의 相剋이란 膨脹(팽창)의 순환입니다. 이 相生과 相剋도 둘이 아닌 하나인 것입니다.

　　사람이 호흡을 하죠. 이 호흡이 무엇입니까? 숨을 내쉬고 들이마시고가 아닙니까? 숨을 내쉬기만 하고(呼) 들이마시지(吸) 않는다면 어찌되겠습니까? 흔히 하는 말로 따로국밥이 아닙니다. 이제 아시겠죠.

격(格)

이러한 토대 위에서 格을 공부해 보도록 하겠습니다. 格이란 추상적인 개념이며 古書에 등장하는 格은 샘플 몇 개를 나열했을 뿐입니다. 천층만층구만층이란 말을 기억하시기 바랍니다. 또한 이 格은 運의 흐름에 의해 변합니다. 사주팔자학에서의 格이란 그 팔자의 실권자를 의미하는 말입니다. 즉, 팔자에서 가장 힘이 센 天干의 글자를 말하는데(六神) 아니, 조금 전 體用에서 팔자의 주인은 日干이라고 했는데 실권자란 또 무슨 말인가요? 헷갈리죠. 아주 쉬운 예를 하나 들겠습니다.

한 가정에는 家長이 있습니다. 이 가족이 살 집 APT 한 채를 구매했습니다. 이 집의 문패는 가장인 홍길동입니다. 그런데 이 집을 구매할 때 가장인 홍길동은 나이가 많아 財力이 없고 자식인 아들의 財力으로 APT를 구매했습니다. 이 APT의 문패는 가장인 홍길동으로 붙였지만 사실 이 APT의 소유주는 아들이 실권자가 되는 것입니다. 이 집의 주인과 실권자란 뜻을 이제 이해하시겠지요? 이러한 사항을 사주팔자 속에 집어넣으면 어떻게 나타날까요?

[건명(乾命)]

癸	(庚)	丙	甲
未	戌	午	申

위의 命式에서 보듯이 日干은 팔자를 대표하는 홍길동이고요. 그런

데 日干인 庚金은 午月에 뿌리가 없죠. 그런데 官성인 丙火는 午月에 뿌리를 내리고 生祿旺을 얻어 제일 힘이 셉니다. 이런 경우 丙火 官이 실권자가 됩니다. 즉, 편관격이 되는 것입니다.

이제 격이 무엇인지 아시겠죠? 다시 말하면 格이란 팔자에서 가장 힘이 센 글자(六神)를 말하는데 天干에 글자가 月支에 通根한 경우 전에 언급했던 氣와 質이 서로 相通했을 때인데 이럴 때를 旺하다고 했습니다. 아무튼 格이란 그 八字에 실권자라고 생각하시면 됩니다. 이렇게 格의 이름이 지어지면 그 팔자의 정체성을 한눈에 알아보는 도구로 쓰이기도 합니다.

이와 같이 內格인 正八格이란 月支에서 格을 구했을 때를 말합니다.

예) 財格하면 이 사람은 앉으나 서나 당신 생각이 아닌 돈입니다. 官格이라고 하면 출세, 승진 생각밖에 없습니다. 印格하면 학문과 명예를 중시하는 사람입니다. 食神格하면 이기심(타인 배려심 별로 없음) 이기주의가 우선이고요. 傷官格이라고 하면 의협심, 창의력, 개척정신. 이런 식으로 格이라는 도구를 이용합니다.

그러나 이런 건 어디까지나 FM 식의 틀입니다. 命의 정체성을 파악하는데 참고사항일 뿐입니다. 또한 이 格은 10년마다 찾아오는 大運에 의해 格이 변하게 됩니다. 格局에서 格은 대략 이런 것이구나, 하는 정도면 충분합니다.

또한 外格이든 雜格이든 허다한 이름만 다를 뿐 內格의 틀을 이해하면 格은 졸업반입니다.

국(局)

이번엔 格局에서 局을 알아보겠습니다. 格은 하늘의 굴자 天干(六神)이 月支에 通根하고 이 月支의 계절에서 生祿旺(생록왕)을 얻어야 된다고 했지요. 그런데 이 局은 天干의 글자가 아닌 地支의 글자가 슴해서 만들어지는 것을 局이라고 하는데 이런 경우를 슴해서 부를 때 格局이라고 통칭해서 부르는 것입니다. 그러니까 格은 天干의 글자로 局은 땅의 글자 地支로 이루어지는 것을 슴해서 격국이라고 부릅니다.

局(국)이란 땅의 글자 地支 3개가 모여서 만들어지는데 아직 배우지 않았죠. 刑冲會合 배우는 시간에 자세히 배우겠습니다만 나온 김에 잠시 알아보고 가죠.

삼합(三合)

地支의 글자 3개가 모여 三合이라고 하는데 三合에는 다음과 같습니다.

- 삼합(三合): 寅午戌(火局) 申子辰(水局) 巳酉丑(金局) 亥卯未(木局)
- 방합(方合): 寅卯辰(木局) 巳午未(火局) 申酉戌(金局) 亥子丑(水局)

地支 3글자가 모여 合하는 것을 三合과 方合이라고 부르고 三合과 方合을 같이 부를 때는 會(회)라고 호칭합니다. 이렇게 會에는 三合과 方合이 있으나 정도로 아시고 본격적인 것은 會合 시간에서 공부할 것입니다.

이처럼 格局과 용어도 알아보았습니다.

사주 공부를 조금 하신 분은 貴格(귀격)이나 賤格(천격)은 들어 보셨겠지만 無格(무격)에 대해서는 들어 보지 못했을 것입니다. 요약해 보면 귀격이란 가진 것이 없어도 남에게 대접받으며 추앙과 존경을 받는 命을 말하고 천격이란 가진 것 많은 부자인데도 불구하고 인색하고 타인에게 조롱과 멸시를 받는 命을 말하고 무격이란 자랑할 것도 내세울 것도 없는 평범한 命을 무격이라 하는데 일반적인 서민이라 할 수 있습니다.

아무튼 지금까지 格局에 대해 간단하게 설명했습니다만 四柱八字를 공부하는 많은 분들이 이 格局用神의 늪에 빠져서 허우적거리는 것을 많이 보게 되는데 참으로 안타까운 일입니다. 또한 格局을 알면 팔자를 다 아는 것처럼 착각하고 있는 분이 많습니다만 사실 格局은 알기는 해야겠지만 사주팔자를 看命하는 데 큰 역할이 없습니다.

格을 정하는데 셀 수 없이 많은 격을 세울 수 있습니다만 한마디로 변하는 格을 알아도 별 볼 일 없다는 것입니다. 부자의 전형적인 財格인데도 부자로 살지 못하는 삶을 살고 있다면 財格이 무슨 의미가 있나요? 여러분 주위에 八字가 財格인데 부자로 살지 못하는 命을 어렵지 않게 볼 수 있을 것입니다. 왜일까요? 그것은 外皮만 보았기 때문입니다.

四柱八字학의 三大 古書가 적천수, 난강망(궁통보감), 자평진전이라고 했지요. 格을 주로 다룬 古書 자평진전인데요 그저 가볍게 시간 날 때 읽어 보시기 바랍니다. 아무튼 이렇게 격국에 대해 알아보았습니다.

이번에는 格局用神하는 이 用神에 대해 알아보겠습니다.

용신(用神)

　용신이란 글자 그대로 쓴다, 사용한다의 의미입니다. 그러니까 格局이 주인이라면 이 주인을 도와주는 또는 이롭게 하는 역할을 하는 六神이 用神이 되는 것입니다. 八字學에서 이 用神에 대해서 과대 해석하는 경우가 많은데 그저 주인인 '格을 도와주는 이롭게 하는 六神이다' 이렇게 생각하시면 됩니다.

　用神을 크게 세 가지로 분류합니다만 첫째가 억부용신(부억용신), 둘째가 조후용신, 셋째가 통관용신. 이外에도 무수한 用神을 나열합니다만 이 또한 가볍게 생각하시기 바랍니다.

　억부용신(抑扶用神) 또는 부억용신(扶抑用神)이 무엇입니까? 균형 평형을 말하는 것이지요. 약한 六神은 부조하고 강한 六神은 제어하는 것이 부억용신의 역할이죠.

　조후용신(調候用神)은 또 무엇입니까? 춥고 덥고 건조하고 습하고(寒暑溫濕). 즉, 한서온습을 말하는데 이게 무엇입니까? 四時. 즉, 春夏秋冬 계절을 뜻하죠. 팔자가 너무 차면 따뜻한 기운의 六神이 용신이 된다는 것인데, 글쎄요. 그저 원론적인 것이라 생각하면 됩니다. 또한 통관용신(通關用神)은 또 무엇인가요? 通하게 한다는 것인데, 즉, 나쁜 관계를 좋게, 서먹서먹한 관계를 유화스럽게, 剋 관계를 生 관계로 중계자 역할을 하는 六神을 뜻하는데 예로 庚금 水 甲목 庚金과 甲木은 剋하는 관계인데 중간에 중계자 六神이 水星이라면 金生水 水生木 이렇게 되겠지요. 이럴 때 水성이 통관용신이라는 것인데 그냥 통관용신이라는 것이 이런 것을 말하는구나 이 정도면 족합니다. 八字를 看命할 때 얻을 것이 별로 없습니다. 아무튼 用神이란 格을 도와주는 六神이다 정도로 이해하면 족합니다. 이제 부억이니 억부니 조후니 통관용신이 무엇인지 아시겠죠?

지금까지 '格局用神이란 이런 것이다'로 대충 설명했습니다만 內格이라고 하는 正八格만 가지고도 책이 몇 권 돼도 부족할 것입니다. 四吉神이다, 四凶神이다, 順用의 격국이다, 逆用의 격국이다 등등 헤아릴 수 없는 많은 유형이 있습니다.

아무튼 이번에는 고서에 기록된 四吉神과 四凶神에 대한 格局의 유형을 살펴보겠습니다. 먼저 사길신(四吉神)의 유형.

재격(財格)

- 財旺生官格(재왕생관격) 財格이 官을 生해 주는 경우
- 財逢食傷格(재봉식상격) 財格이 食傷을 만난 경우
- 財格透印格(재격투인격) 財格에 印이 透干된 경우

관격(官格)

- 官逢財印格(관봉재인격) 官格에 財와 印을 본 경우

- 正官用財格(정관용재격) 正官이 財를 用神으로 쓰는 경우
- 正官佩印格(정관패인격) 正官이 印의 조력을 받을 때

식격(食格)

- 食神生財(식신생재) 食神이 財를 生해 줄 때
- 食神帶殺(식신대살) 食神이 편관을 剋해 줄 때
- 去食取殺(거식취살) 食神格이 殺을 用神으로 쓸 경우

인격(印格)

- 印逢官殺(인봉관살) 印格이 官을 볼 때
- 印用食傷(인용식상) 印格이 食傷을 用神으로 쓸 때
- 印多用財(인다용재) 印格에 財를 用神으로 쓸 때

四凶神의 格局 유형으로는

살격(殺格)

- 殺用食財(살용식재) 殺格일 때 食神으로 剋制할 때
- 殺格用印(살격용인) 殺格의 힘을 설기시키는 것
- 殺格逢印(살격봉인) 殺格일 때 印을 만나는 경우

상간격(傷官格)

- 傷官生財(상관생재) 상관의 힘을 財로 설기하는 것

- 傷官佩印(상관패인) 상관격을 印星이 剋해주는 것
- 상관대살(상관대살) 상관격을 殺이 逆剋하는 경우

양인격(羊刃格)

- 羊刃露殺(양인로살) 양인격을 殺로 제압하는 경우
- 羊刃用官(양인용관) 양인격을 官성으로 제압하는 경우

록겁격(祿劫格)

- 祿劫用官(록겁용관) 비견을 格으로 할 때 正官이 제압하는 경우
- 祿劫用살(록겁용살) 겁재를 格으로 할 때 殺로 제압할 때
- 祿劫用재(록겁용재) 비견이나 겁재격일 때 財로 설기

정리

이와 같이 四吉神의 격국과 四凶神의 격국 유형을 어려운 한자를 동원해서 열거했는데요 복잡한 것 같은데 하나만 알면 그냥 통과입니다. 그 하나가 무어냐고요? 相生과 相剋의 법칙 말입니다. 즉, 四吉神의 格은 相生의 법칙을 적용하면 되고 四凶神의 格은 相剋의 법칙을 적용하면 만점입니다.

이상과 같이 열거한 格은 샘플 몇 개를 나열할 것뿐입니다. 인간 삶은 천층만층구만층이란 말 기억하시죠. 인간 삶에 格으로 표현하는 것

은 똑같은 格은 하나도 없습니다. 인간의 얼굴과 지문이 다 다르듯이 말입니다. 사주팔자학에서 格이란 이런 것이구나 정도면 충분합니다.

또한 格局 용어 중에 格의 '成中有敗(성중유패)다 또는 敗中有成(패중유성)이다'라는 용어는 格의 변화를 말하는 것인데 격의 成中有敗란 좋았던 格이 나쁘게 변화한 것을 뜻하는 말이고 반대로 敗中有成이란 나빴던 格이 좋게 변해진 것을 뜻하는 말입니다.

또한 용어 중에 順用(순용)의 格局이다 또는 逆用(역용)의 格局이다 하는데 이게 무슨 말입니까? 順用의 格이란 위에서 열거한 吉神格을 말하는데 예로 食神格일 때는 이 食神을 보호해주는 財가 있어야 한다는 말입니다. 즉, 食神은 吉神이니까 相生하는 구조가 順用의 格이란 말입니다.

이번엔 傷官格일 때는 어떨까요? 凶神이니까 逆用(역용)해야겠지요. 그러니까 傷官을 剋해주는 것은 印성이죠. 이럴 때 印성이 用神이 된다는 것입니다. 이제 이해가 되시나요?

다시 한번 말씀드린다면 順用이란 상생해주는 구조를 말하고 逆用이란 상극의 구조를 말하는 것입니다. 이처럼 相剋과 相生의 뜻만 이해한다면 어려운 용어는 필요 없겠지요. 아무튼 四吉神 四凶神의 格局 유형을 古書에 나와 있는 유형을 소개했습니다만 원리를 이해하면 수많은 유형의 格이나 용어를 어렵지 않게 이해되리라 믿습니다. 四柱八字學은 머리가 좋아 달달 외우거나 암기하는 학문이 아닌 자연의 순리를 이해하는 학문입니다.

아무튼 지금까지 格局用神이다, 순용이다, 역용이다, 吉神이다, 凶神

이다 등을 대략 설명했습니다만 앞에서 말씀드린 바와 같이 꼭 알아야 할 것과 그냥 그런 게 있다더라 하고 참고 정도로 이해하는 것과 그냥 무시해도 되는 것에 대해 말씀드렸습니다. 앞서 열거해 드린 四吉神 四凶神의 格 또한 어려운 한자로 된 이런 유형은 그냥 그렇게 표현할 수도 있겠구나 정도로 이해하시면 무난합니다.

천층만층구만층이란 말 기억하시죠. 內格이라는 正八格이 이러할진대 外格이니 雜格이니 해서 모두 통달했다고 해도 四柱八字學 看命에는 참고사항일 뿐 핵은 아닙니다. 왜냐고요? 格局이란 추상적인 개념이기 때문입니다. 현실로 나타난 현상이 아니란 뜻이지요. 여러분이 相生과 相剋의 이치를 올바르게 이해하게 되면 이 복잡한 格을 가볍게 생각하게 될 것입니다.

格의 본질은 相生과 相剋에 있기 때문입니다. 내가 태어날 때 정해지는 格 내가 살아가면서 10년 단위로 바뀌는 格(大運)이기 때문입니다.

대운(大運)

대운간(大運干)

자, 그럼 지금까지 格局에 대해 대충 설명했습니다만 이 격을 좋게 (成格) 또는 나쁘게(破格) 하는 성분이 있는데 이것이 여러분이 잘 알고 있는 大運이라는 것입니다. 大運이라고 하니까 어떤 분은 좋은 運 이렇게 생각하는 분도 있는데 그런 게 아니고요. 내가 태어날 때 八字가 정해지듯 大運 또한 정해지는데 이 大運은 10년 주기로 변하게 되는데 예로 어떤 사람이 태어나서 80세를 산다면 이 大運은 8번 바뀌겠지요. 즉, 이 大運은 10년씩 있다가 바뀌면서 八字에 지대한 영향을 행사합니다.

그래서 八字에 유리하게 작용하는 大運이 왔을 때 吉運이 왔다고 하고(格으로는 이럴 때 成格) 불리하게 작용하는 運이 왔을 때는 凶運(格으로는 敗格)이 왔다고 하는 것입니다.

좀 전에 공부할 때 格을 도와주는 運이 오면 成格된다고 하고 格을 해치는 運이 오면 破格됐다고 하는 것입니다. 즉, 10년마다 바뀌는 大運이 어떤 것이냐에 따라 格이 成格도 되고 破格이 되기도 하는 것입니다.

그래서 大運의 干은 格의 成敗를 주관한다고 하는 것입니다. 이처럼 긴 세월을 八字에 영향을 주게 되니 혹자는 干과 支를 5년씩 나누기도 하고 어떤 책에서는 大運의 支가 더 영향을 주관하므로 4대 6으로 해야 한다고 논리를 펴는 학자들도 있습니다만 이는 大運이 무슨 역할을 하는지 전혀 모르고 하는 주장입니다.

大運의 干과 支가 하는 역할이 같다면 10년이라는 세월이 길므로 어떻게 꿰어맞추기라도 할 텐데 大運의 干과 支가 하는 역할이 전혀 다르니 어떻게 꿰어맞출 수가 없네요. 그럴듯한 이론에 현혹되는 일이 없길 바랍니다.

그럼 大運의 干은 어떤 역할을 하나요? 조금 전 잠깐 언급했습니다만 지난 시간에 格을 배우셨지요. 이 格은 그 사람의 정체성을 알아보는 추상적인 개념이라 했습니다. 그 사람의 格(꼴, 가다). 즉, 그 사람이 가지고 있는 品格을 좋게도 또는 나쁘게도 영향을 행사하는 것이 大運의 干이 하는 역할입니다. 그래서 大運의 干은 格의 成敗를 주관한다고 했습니다.

이것이 大運의 干이 하는 역할인데 格의 成敗를 주관한다는 말을 쉽게 설명한다면 10년 大運 기간 중 '이러이러한 일이 있을 것이다'라고 예고하는 것이라고 생각하면 무난합니다. 마치 일기예보의 10년 장기예보라고 생각하면 되겠지요. 쉬운 예를 하나 든다면 어떤 사람이 암이라는 病에 걸렸을 때 어제는 건강하게 멀쩡했는데 오늘 갑자기 암에 걸리나요? 땅이 갈라지는 지진 현상이 갑자기 일어나나요? 무슨 일이든 커다란 사건에는 반드시 전조현상이 있습니다. 이렇듯 내 팔자에도 大運이라는 긴 세월 10년 동안 일어날 일을. 즉, 희로애락과 길흉화복으로 나타날 일을 大運의 干이 예고해주는 역할을 해주고 있는 것입니다.

나중에 배우겠습니다만 이 大運의 干이 예고한 것이 언제 실제 현상으로 나타나느냐는 문제는 차후에 배우겠습니다만 매년 찾아오는 運. 즉, 세운이라고 하죠. 이 세운이 大運과 八字에 영향을 미치게 될 때 현실로 나타나게 되는 것입니다.

대운지(大運支)

자, 그럼 이번에는 大運支는 어떤 역할을 하나요? 大運의 支라는 것은 四時. 즉, 春夏秋冬의 사계절을 뜻합니다. 한 생명이 태어나면 2개의 계절을 가지고 살아가게 되는데 그 첫 번째는 내가 태어날 때의 계절이고 그 두 번째의 계절은 내가 살아가면서 가지게 되는 계절이 있는데 이것이 大運의 支입니다.

나는 현재 어느 계절에서 살고 있나요? 꽃 피는 春三月인가요? 동짓달의 엄동설한인가요? 우리 인간에게 계절이란 生産을 뜻하기도 합니다. 현재 여러분의 계절을 보세요.

봄여름가을겨울. 즉, 春夏秋冬 4계절 중 어느 계절에 살고 있나요? 이 계절은 大運의 地支 계절을 말하는 것입니다. 예를 들어 어떤 命에

大運의 支가 겨울의 계절인 亥子丑月에 들어와 있다면 그럼 이 사람은 앞으로 10년동 안 무슨 일을 해야 할까요? 亥子丑 겨울의 꽁꽁 언 땅에 논 갈고 밭 갈고 씨앗을 뿌리겠다면서 동분서주하며 에너지를 소비한다면 得, 失 어느 쪽일까요? 이렇게 불필요한 에너지를 소비한다면 정작 에너지를 소비해야 할 寅卯辰의 꽃 피는 계절이 왔을 때 에너지가 고갈되어 있다면 생산활동을 할 수 없겠지요. 이것이 大運支가 하는 일입니다.

또한 大運의 支는 계절이라고 했지요. 계절은 生産을 의미한다고 했습니다. 아직 여러분은 刑冲會合을 배우지 않았습니다만 합을 배워 아시는 분이라면 甲己合化土 이렇게 달달 외우고 배웠습니다만 甲과 己가 합했다고 무조건 土를 생산하는 게 아닙니다. 合化의 조건이 이루어져야 土를 生産하게 되는 것입니다. 여기서 生産이란 계절(절기)이 만들어내는 거죠. 계절은 내가 태어난 달. 즉, 月支를 뜻하고 또 하나는 10년마다 찾아오는 大運의 地支에서 생산할 수 있다고 했습니다.

이러한 조건이 구비될 때 合化가 되는 것입니다. 지금 말씀드리는 내용은 처음 공부하시는 분은 이해가 불가능합니다. 그러나 앞으로 공부하시면 이해가 되실 것입니다. 처녀총각이 결혼했다고 무조건 아기를 생산하는 게 아닙니다. 필요한 조건이 맞아야겠지요.

아무튼 대운을 정리해 본다면 내 八字에 10년 주기로 변하면서 영향력을 행사하는데 大運의 干은 格의 변화를 가져오는데 格의 成敗를 주관한다 이렇게 표현하기도 합니다만 쉽게 설명드린다면 앞으로 10

년 大運 기간 중 '이런이런 일이 있을 것이다, 생길 것이다' 이렇게 예고
하는 글자가 大運의 干이 하는 역할이다 이렇게 생각하시면 됩니다.
또한 大運의 干은 추상적인 개념이라고 여러 차례 말씀드렸습니다. 그
러나 大運의 支는 四時. 즉, 春夏秋冬 계절이라고 했습니다. 그렇다면
현재 나의 계절은 어느 계절에 와 있나요?

이 계절을 알면 무엇을 얻고(得) 무엇을 잃어버릴 것(敗)인지를 알 수
있겠지요.

정리하면 大運의 干은 추상적인 개념이라 했습니다. 그러나 大運의
支는 실체적으로 나타나는 현상입니다. 이렇게 干과 支가 하는 역할
이 다르므로 干이 5년 支가 5년 역할을 분담한다는 학설은 자연을 이
해하지 못하는 데서 비롯된 것입니다. 앞으로 공부하면서 실제 예를
통해 설명해 드리기로 하고요. 다음은 여러분이 꼭 알아야 할 刑冲會
合에 대해 알아보도록 하겠습니다.

경로석(敬老席)

　요즘 젊은이들을 보면서 나이를 먹은 우리 기성세대가 참으로 반성해야 한다 싶고 무거운 책임감 또한 느끼게 된다. 우리 기성세대는 먹고사는 문제가 절박한 시대에서 사는 상황이다 보니 미처 소홀했던 부분이 여러 가지가 있겠지만 그중에서도 인성교육을 소홀히 한 부분이 가장 크다고 생각한다. 우리 아들딸들이 이토록 사막의 선인장처럼 인성이 메마르게 된 책임은 전적으로 우리 기성세대에 있다.

　매일 아침 지하철을 탄다. 출근 시간엔 젊은이들로 항상 만원이다. 그런데 이 시각엔 경로석은 자리가 비어 있다. 그러나 경로석에 젊은이들이 앉지 않는다. 빈자리이니 앉으라고 권해도 앉지를 않는다. 왜 빈자리인데 앉지 않는가? 한마디로 교육이 잘못되었다.

　경로석을 왜 지정했을까? 요즘은 고령사회로 노인이 많다. 때로는 경로석도 만원이다. 젊은이 앞에 노인이 서서 있다. 그래도 경로석이 아니어서 그런가. 자리를 양보하는 젊은이 보기가 쉽지 않다. 경로석은 자리가 비어 있어도 앉지 않고 일반석은 경로석이 아니니 노인이 앞에서 있어도 자리를 양보하지 않아도 괜찮. 다는 아니겠지만 요즘 젊은이들 대다수의 인식이다. 어디서부터 잘못되었을까? 이것이 인성교육의 결여인데 우리 기성세대가 인성교육을 소홀히 한 결과이다. 기성세대의 책임이 크다. 경로석은 없다. 전 좌석이 경로석이요, 우리 아들딸들의 좌석이다. 궁여지책으로 만들어 놓은 경로석 한 번 생각해 볼 일이다.

2023년 2월 15일

梅山

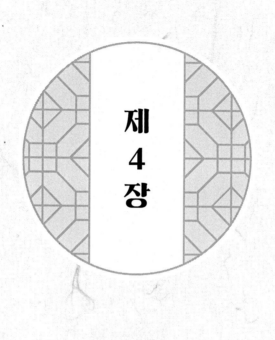

제
4
장

형(刑)

　형(刑). 이 글자는 형벌을 뜻하는 글자죠. 어떤 때 형벌을 받나요? 내가 무슨 잘못을 했거나 죄를 지었을 때 형벌을 받죠. 이 刑의 글자가 八字를 看命할 때 하나의 도구로 사용하므로 이 刑에 대해서는 반드시 알아야 합니다. 그럼 이 刑이란 글자가 사주팔자를 간명하는데 어떤 현상으로 나타나는지 알아보겠습니다.

　이 刑罰을 뜻하는 刑은 이 땅에 살면서 일어나는 현상이므로 땅의 글자와 연관됩니다. 즉, 地支입니다. 하늘의 글자 天干은 해당되지 않습니다. 먼저 땅의 글자 地支인 寅木입니다. 다음은 申金 또한 巳火입니다. 동물로는 호랑이, 원숭이, 뱀이죠. 이렇게 地支인 3글자가 만나면 刑이 되는데 삼형살(三刑殺) 이라고도 합니다.

　또한 四庫(사고)의 刑이라고 해서 丑戌未 이렇게 만나도 三刑인데 丑戌, 戌未, 丑未 이렇게 만나도 刑이 됩니다. 그런데 왜 四生의 刑, 四庫의 刑이라고 부르는지 다음에 말씀드릴 시간이 있습니다. 그때 자세히 설명해 드리기로 하고 이 시간에는 刑의 의미만 짚어보도록 하겠습니다.

　寅申巳, 丑戌未 三刑 外에 子卯刑이 있는데 이 子卯刑의 특징은 자

학을 의미하는 특징이 있습니다. 자학이란 스스로 자기를 害하는 그런 뜻이 내포되어 있습니다. 실전을 공부할 때 설명할 기회가 있습니다. 그때 말씀드리기로 하고요.

이 刑이라는 글자는 刑罰의 의미가 있다고 했는데 나는 잘못한 것도 없고 죄를 지은 적도 없는데 왜 내 팔자에 이런 刑이 있단 말인가? 이렇게 의아하게 생각되겠지만요. 사주팔자학에서 형벌(刑罰)이란 의미는 조금 다릅니다. 어떻게 다르냐고요? 먼저 刑罰의 의미도 있지만 또한 이런 뜻도 내포되어 있습니다.

예를 들어, 어떤 사람이 건강이 안 좋은데 의사 선생님이 등산 같은 운동을 꾸준히 하면 관절에도 도움이 되고 폐활량에도 도움이 되어 좋아진다고 해서 산행을 한다면 이 또한 刑이 되는 것입니다. 우리가 죄를 지어 형벌을 받게 되면 즐거운가요? 그렇지 않죠. 힘들고 고단하고 괴롭죠. 또한 운동 선수가 달리기를 한다거나 수련을 하기 위해 요가를 한다거나 하는 행위는 모두 힘들고 괴롭고 고단한 일입니다. 이러한 행위를 팔자학에서는 刑罰의 의미를 가지는 刑이라고 하는 것입니다.

아무튼 괴롭고, 힘들고, 고단한 일이지만 이 刑으로 인해서 얻는 것도 있는 것입니다. 무엇을 얻냐고요? 힘든 산행을 해서 목표하는 건강을 얻었다면 得인가요 失인가요? 반대로 괴롭고 힘든 산행을 꾸준히 실행했는데도 오히려 건강이 나빠졌다면 失이겠지요. 이처럼 刑罰의 의미를 가진 이 刑이 내 팔자에서 得으로 작용하는 것과 失로 작용하는 것을 알 수 있는 것입니다. 이제 刑이 무엇인지 조금은 아시겠죠?

충(冲)

그럼 이번에는 충에 대해 알아보겠습니다. 冲하면 부딪힌다는 것이죠. 즉, 충돌한다는 의미인데 그런데 충돌은 하나가 충돌할 수 있나요? 손바닥도 2개가 부딪힐 때 소리가 나죠. 그래서 팔자학에서 冲이라고 하면 2개의 글자가 부딪힌다 이런 의미입니다.

팔자에서 땅의 글자. 즉, 十二地支라고 하죠 이 十二地支가 2개씩 부딪히면 6개의 짝이 되겠지요. 그래서 地支 六冲이라고 합니다. 그럼 어떤 地支끼리 부딪혀 충돌할까요? 子와 午, 丑과 未, 寅과 申, 卯와 酉, 辰과 戌, 巳와 亥인데 이렇게 두 글자가 만나면 衝突하는데 내 八字에서 이런 두 글자가 부딪히는 경우 어떤 현상으로든 나타나게 되는 것입니다.

그럼 冲이 되었을 때 어떤 현상으로 나타날까요? 첫째, 부딪히며 충돌하면 소리가 나겠지요. 자동차끼리 부딪히면 무슨 소리가 날까요? 손바닥끼리 부딪히면 무슨 소리, 국가와 국가가 부딪히면, 노와 사가가 부딪히면 무슨 소리가 날까요? 부부끼리 부딪히면 무슨 소리가 날까요? 여러분의 상상에 맡기겠습니다. 좀 전에 공부한 刑은 어렵고, 괴롭고, 힘들지만 그 일로 인해 得이나 失로 나타난다고 했는데 이 冲은 得은 거의 없고 失로만 나타나는 것이 刑과 冲의 다른 점이라 할 수 있습니다. 예로 자동차끼리 충돌했다면 많이 손상되고 적게 손상된 차 이만 있을 뿐 충돌하기 전보다 더 좋아진 차는 없을 것입니다. 예를 하나 더 들어 볼까요? 부부가 충돌하면(부부싸움) 심하면 별거나 이혼이죠. 부부싸움 칼로 물 베기라지만 부부싸움 자주 하고 부부간에 애정이 더 돈독해졌다, 글쎄요 그런 경우도 있겠습니다만 아무튼 冲이 내 팔자에 일어나면 得은 기대하기 어렵고 失로 귀결될 것입니다.

회(會)

이 會란 모인다는 뜻이죠. 뭐가 모인다는 거죠? 그렇습니다. 땅의 글자 地支가 모여서 하나의 세(勢)를 이루는 현상을 三合과 方合이라고 하는데 이 둘을 통칭해서 부를 때 會라고 합니다. 그럼 무슨 글자끼리 모이는지 보겠습니다.

三合의 글자는 寅午戌(火) 申子辰(水) 巳酉丑(金) 亥卯未(木)이고, 方合은 寅卯辰(木) 巳午未(火) 申酉戌(金) 亥子丑(水)이 모여 합을 이루게 됩니다.

자 그럼 三合과 方合은 어떤 차이를 가지고 있을까요? 먼저 三合의 경우는 寅木 午火 戌土 이렇게 地支 3글자가 모이면 삼합의 가운데 글자(각 글자의 五行의 成分은 사라지고)의 成分인 午火의 成分으로만 나타나게 되는데 이때 火는 午火가 아닌 오행의 火星으로 형성된다는 것입니다.

정리한다면 寅午戌 三合이 형성되면 3글자의 成分인 寅木 午火 戌土는 소멸하고 커다란 火星의 氣運을 가지게 된다는 것입니다. 格局을 공부할 때 格은 天干의 글자로 定해지지만 局은 地支의 글자 3개가 모여 局으로 定해진다는 말을 한 적이 있죠. 이렇게 3글자가 모이면 강력한 局을 이루게 되는 것입니다.

그래서 寅午戌 三合은 火局으로, 申子辰 三合은 水局, 巳酉丑 三合은 金局, 亥卯未 三合은 木局으로 이루어지는데 이렇게 3글자가 모이면 가운데 글자의 五行 成分으로 바뀌게 되는데 그 이유는 아직 공부하지 않았습니다. 앞으로 배우겠습니다만 간략하게 설명해 드린다면 三合을 이루는 첫 글자는 生地, 가운데 글자는 旺地, 마지막 끝 글자는 墓地의 글자인데, 즉, 寅午戌의 합이란 生旺墓地의 합인데 이렇게 3글자가 모이면 旺地의 가운데 글자로 모여 강력한 힘을 가지게 되는 것입니다.

팔자에서 이렇게 3글자가 모여 三合을 이루는 경우 吉이든 凶이든 반드시 우리 삶에 현상으로 나타나게 되는 것입니다. 寅午戌 三合으로 말씀드렸습니다만 다른 三合도 같은 원리입니다. 이제 三合을 대충 아시겠지요?

방합(方合)

이번엔 방합에 대해 알아보겠습니다. 方合이란 글자 그대로 같은 방향의 地支끼리 모인다는 뜻입니다. 그러니까 寅卯辰하면 동쪽 방향, 巳午未 하면 남쪽 방향, 申酉戌 하면 서쪽 방향, 亥子丑 하면 북쪽 방향의 글자죠. 이처럼 方合이란 같은 방향의 地支끼리 모여 합하는 것을 말하는데 三合과 方合의 다른 점은 三合은 합하는 글자의 成分이

소멸하고 가운데 글자 旺地의 五行의 成分으로 변하는 데 반해 方合은 3글자가 가지고 있는 자기의 成分을 유지한 채 五行의 氣를 형성한다는 것입니다. 이것이 三合과 方合의 차이라 할 수 있습니다.

이해를 돕기 위해 예를 들어 보겠습니다.

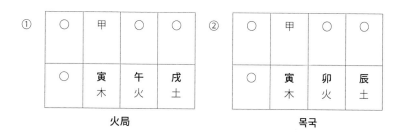

①번의 경우 三合 寅午戌 3글자가 자기의 成分을 잃어버림으로 해서 甲木 日干은 뿌리를 寅木에 가지고 있었으나 이렇게 三合이 이루어지면 뿌리를 상실하여 無根이 되어 身强했다가 身弱이 되는 것입니다. 木火土는 소멸하고 커다란 五行의 火局으로 존재하는 것입니다.

②번의 경우는 寅卯辰 方合을 이루었으나 자기의 成分인 목(木)목(木)土를 가지고 있으면서 木局으로 변하기 때문에 甲木 日干은 뿌리를 상실당하지 않는다는 것입니다. 조금 이해가 됐나요? 차차 공부하면서 좀 더 이해될 것입니다.

합(合)

자, 그럼 이번에는 합에 대해서 알아보겠습니다. 우리가 보통 합 이러면 만난다는 거죠. 冲은 2개가 부딪히는 것이라면 합은 2개가 만난다는 거죠. 무엇과 무엇이 만난다는 거죠? 만난다는 것은 좋은 것인가요 나쁜 것인가요? 사주팔자를 조금 공부하신 분들은 합이 좋네 나쁘네 합니다만 이제 합이 어떤 것인지를 알게 되면 그런 논쟁은 하지 않으리라 생각합니다. 자 그럼 합은 땅의 글자 12地支가 두 글자씩 합하므로 일명 六合이라고 합니다.

즉 六合은 子丑合 寅亥合 卯戌合 辰酉合 巳申合 午未合 이렇게 六합이 이루어지는데 이 합을 동물로 생각하고 합을 만났다고 생각해 보시기 바랍니다.

자축(子丑)

첫 번째 子丑합입니다. 동물로는 소가 여물을 먹고 누워서 새김질을 하면 쥐란 놈은 소 등에 올라가서 놀고 있는 광경을 종종 보게 됨니다. 평화로운 사이죠. 또한 五行으로 살펴보면 水와 土의 관계입니다. 田畓에 빗물 같은 것이니 좋은 관계라 할 수 있습니다. 이렇게 子丑合은 쥐와 소의 관계로 보거나 전답에 빗물로 보면 아주 좋은 관계로 볼 수 있지만 五行의 相生과 相剋의 차원에서 보면 土剋水가 되어 剋의 관계가 되는 것을 알 수 있습니다.

地支의 合은 일차적으로 묶인다는 의미가 있습니다. 묶인다는 것은 무엇인가 자유롭지 못하다는 것이죠. 예로 부동산에 투자하여 돈이 묶여 있다면 당장 현금으로 쓸 수 없으니 답답하겠죠. 묶여 있다는 것은 사라지는 것은 아니지만 당장 필요할 때 쓸 수 없으니 답답한 형국을 뜻하는데 八字에서 合이란 일차적으로는 불리함을 나타냅니다. 그러나 八字의 유형에 따라 有不利가 나타나므로 각 八字의 命에 따라 좋을 수도 또한 나쁠 수도 있는 것입니다.

八字의 命式에서 나를 위협하는 殺星이 올 때는 이 殺星을 묶어 기능을 약화시키는 역할을 合에서 하는 경우도 있습니다. 이처럼 合이란 命에 따라 다 다르게 나타남으로써 合이 좋다 나쁘다로 논쟁의 대상이 될 수 없는 것입니다. 合이 무엇인지 대충 아시겠죠?

자 이렇게 해서 刑冲會合에 대해서 간략하게 알아보았습니다. 이 刑冲會合은 四柱八字를 看命하는데 꼭 필요한 도구들이므로 반드시 숙지하고 숙고해야 하는 요소들입니다. 무릇 우리 인간의 길흉화복 희로애락은 삶을 통해 우리 인간에게 알려주는 주재료들이기 때문입니다. 神이 인간에게 부여한 바코드. 즉, 암호문을 해독하는 데 필요한 중요한 도구들이기 때문에 반드시 꼭 알아야 하는 것입니다.

신살(神殺)

　자, 그럼 지금부터는 四柱八字를 看命시 양념 정도로 사용하는 神殺에 대해 알아보죠. 파(破), 해(害), 원진(怨嗔), 백호(白虎), 귀문(鬼門), 천을귀인(天乙貴人) 같은 神殺은 우리 인간이 살아가면서 다반사로 겪는 神殺이므로 八字를 간명할 때 刑冲會合의 도구 속에 참고사항 정도로 알면 무난합니다.

파(破)

　일명 六破殺이라고도 하는데요 子卯破, 丑辰破, 寅亥破, 巳申破, 戌未破, 午卯破인데 破란 깨진다, 파괴, 분리 같은 것으로 작용하는데 刑이나 冲에 비해 그 작용력이 미미하다고 보면 됩니다. 또한 八字에서 凶神을 破하면 有利할 것이고 吉神을 破하면 不利할 것입니다. 예를 들어, 寅亥는 合도 되고 破도 되고, 巳申도 合도 되고 破도 되고 刑도 되는 조합입니다. 또한 戌未도 破도 되고 刑도 되는 조합입니다. 이렇게 혼재된 경우에는 그 일어나는 작용력이 미미하다는 것입니다. 아무튼 子卯破하면 폐 질환이나 신경통의 질환이 들 수 있습니다. 丑辰破가 들면 관재구설이나 피부병으로 고생할 수 있습니다. 寅亥破가 들면 위장병이 들 수 있습니다. 巳申破가 들면 刑도 破도 合도 되는 조합인데 대장이나 심장에 病이 들 수 있습니다. 午卯破는 색정으로 인한 명예 실추, 담석이나 색맹증이 들 수 있습니다. 戌未破는 刑도 破도 되는 조합인데 구설시비, 골육상쟁, 신경계통에 병이 들 수 있습니다.

해(害)

이번엔 六害殺인데요, 일명 장애살이라고도 합니다. 이 害란 우리말로 해코지한다는 뜻인데 은혜가 원수가 되는, 또한 일상생활에 불편한 장애가 일어나는 현상을 말할 수 있습니다. 六害殺로는 子未, 丑午, 寅巳, 卯辰, 申亥, 酉戌 害가 있는데요

子未해는 골육상쟁, 관재구설, 또 생식기 질환 등이 발생하기 쉽습니다.

丑午해는 부부간 불화, 중풍의 질환이 들 수 있습니다.

寅巳해는 刑도 되는 조합인데 모략중상과 인후염이 발생하기 쉽습니다.

卯辰해는 살아가는데 허무감이 들고 위장병 등이 들 수 있습니다.

申亥해는 도로에서의 사고, 폐 질환이 들 수 있습니다.

酉戌해는 신앙생활에 자선사업을 해도 공을 인정받지 못하고 간장

병이 들 수 있습니다.

해는 일반적으로 정신 계통, 신경성, 우울증, 불면증, 노이로제 증상이 일어날 수 있으며 신들린 사람이나 조현병 환자에게서 주로 볼 수 있는 神殺입니다.

원진살(怨嗔殺)

원진살이란 글자 그대로 항상 남을 원망하고 질시하는 관계로 나타나는데 특히 부부관계에서 많이 볼 수 있으며 冲은 부딪혀서 무엇인가 빨리 해결이 나는 것이라면 원진살은 해결도 안 나면서 끈질기게 원망하고 미워하는 殺이라 이해하면 될 것입니다.

子未원진은 害도 되는 조합인데 이별이나 고독을 의미하고

丑午원진은 害도 되는 조합으로 이별이나 정신병 등을 유발합니다.

寅酉원진은 身病 부부 이별 등

卯申원진은 수족에 장애가 발생할 수 있으며 단명할 수 있습니다.

辰亥원진은 액운, 수술 등으로 나타날 수 있으며

巳戌원진은 고독 또는 화액 등으로 나타나기 쉽습니다.

이렇게 破, 害, 怨嗔殺에 대해 알아보았습니다. 여러분이 꼭 알아두어야 할 것과 그냥 그런 것도 있더라 정도로 넘기는 부분을 이해하지 못하면 정글에서 길을 잃고 헤매는 안타까운 일이 생길 수도 있습니

다. 그러므로 꼭 알아야 할 것과 대충 알아도 되는 것과 참고사항인 것과 몰라도 되는 것을 분별해서 여러분의 아까운 시간과 에너지를 낭비하지 말아야 할 것입니다.

방금 공부한 파, 해, 원진살 등은 팔자를 간명할 때 양념 정도로 사용하는 殺이라 했습니다. 주재료가 아닌 양념 정도 말입니다. 그러나 먼저 공부했던 刑冲會合은 꼭 필요한 주재료입니다. 이러한 부분을 체크하면서 진행하도록 하겠습니다.

귀문살(鬼門殺)

이번엔 귀문살입니다. 鬼門이 무엇입니까? 글자 그대로 귀신이 들어오고 나가는 문. 즉, 귀신이 출입하는 門이 귀문살입니다. 우리가 잠을 자면서 꿈을 꾼다든지 우리 일상생활에서도 비몽사몽 한다든지 가끔 내가 아닌 다른 사람이 된 것 같은 기분이 든다든지 하는 것은 모두 鬼門에 속하는 것입니다. 귀문이 귀신이 출입하는 문이라고 말씀드렸지만 꼭 귀신이 아니라 우리 인간의 정신세계 모두가 鬼門에 속한다고 생각하시면 됩니다. 갑자기 영감이 떠오른다든지 특히 정신 계통에서 종사하시는 분들에게 주로 나타나는 현상입니다. 창작활동을 하시는 분들의 정신세계가 귀문살이다 이렇게 생각하시면 무난하리라 생각합니다.

子未, 丑午, 卯申, 辰亥, 寅未, 巳戌의 조합이 귀문살인데 이 6가지

조합 중에서도 寅未 귀문 조합이 두드러지게 잘 나타나는 殺이라 보시면 됩니다. 참고로, 다른 글자의 조합은 모두 다른 殺과 혼잡된 조합인데 寅未 글자 조합만 혼합되지 않는 순수한 鬼門살이기 때문입니다.

백호살(白虎殺)

이번엔 백호살입니다. 백호 하면 혈광사로 표현하지요. 혈광사가 무엇입니까? 생각만 해도 끔찍한, '미쳐서 피 토하면서 죽는다' 이것이 백호지요. 그런데 이 白虎殺이 八字에 있다고 다 미쳐서 죽나요? 아니죠. 간혹 무속인들이 이 백호살을 들먹이며 겁을 줍니다만 걱정할 필요도 없고 겁먹을 필요도 없습니다. 왜냐고요? 인간 사주팔자에 백호살이 없는 사람 별로 없습니다. 팔자에 백호살이 있어서 피 토하고 미쳐서 죽는 사람 보지 못했습니다. 아무튼 그 많은 神殺 中에 백호살이라는 게 있다더라면 족합니다.

백호살의 조합은 甲辰, 戊辰, 丙戌, 壬戌, 丁丑, 癸丑, 乙未 이러한 조합이 백호살인데 자세히 보면 地支의 글자가 모두 土의 글자인 辰戌丑未인 것을 볼 수 있습니다. 四柱八字에 土의 글자가 없는 사람이 몇 사람이나 될까요?

천을귀인(天乙貴人)

　이번엔 천을귀인입니다. 한마디로 나를 도와주는 사람 나를 이롭게 하는 神 이런 뜻인데요. 우리가 흔히 인덕이 있다, 인덕이 없다는 말을 하죠. 이때의 주체는 日干을 말하지요. 이 天乙貴人은 陽貴와 陰貴 이렇게 2가지가 있는데 주체인 日干이 陰陽의 양 貴를 가질 때 貴人의 도움을 받는다는 것인데, 아무튼 이런 것도 있구나 정도면 됩니다. 天乙貴人의 조합을 도표로 보겠습니다.

日干	甲	乙	丙	丁	戊	己	庚	辛	壬	癸
陽貴	未	申	酉	亥	丑	子	丑	寅	卯	巳
陰貴	丑	子	亥	酉	未	申	未	午	巳	卯

잠시

한 생명이 이 세상에 태어나는 순간 定해지는 四柱八字
이렇게 定해진 四柱八字에 各種 神殺과 地支의 조합으로
한 人間의 品格이 定해진다. 이렇게 定해진 格에
每年 찾아오는 세운의 영향으로 吉과 凶 그리고 得과 失로
한 人間의 삶이 드라마로 펼쳐진다.

梅山

에스컬레이터

많은 사람이 이용하는 지하철 에스컬레이터.

이용하는 사람이 많다 보니 고장이 자주 발생한다.

고장의 원인으로는 여러 가지가 있겠으나 한 줄로 타는 것이 주된 원인인 것 같다.

전문가가 아니어서 잘은 모르겠으나 모든 기계는 균형이 맞아야 하는데 한쪽으로만 무게가 실리면 문제가 발생하게 될 것이다. 그런데 두 줄로 타라는 문구가 어쩌다 보이기는 하는데 무용지물이다.

걷거나 뛰지 말라는 문구는 있는데 지키는 사람이 많지 않다. 교통 공사에서 좀 더 적극적으로 홍보를 해줬으면 좋겠다.

에스컬레이터에서 뛰는 광경을 종종 보게 되는데 불안하다. 안전사고는 사고가 나기 전 예방이 최선이다.

교통공사에서 좀 더 적극적인 홍보활동을 하고 이용하는 시민도 적극 동참해서 고장률도 줄이고 안전한 지하철 이용이 되었으면 좋겠다.

2023년 2월 17일

수영역 지하철에서, 梅山

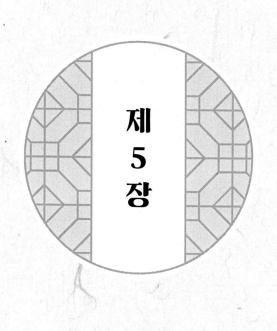

제
5
장

자, 그럼 이번에는 십이운성(十二運星) 일명 포태법(胞胎法)에 대해 알아보겠습니다. 이 포태법은 우리 인간의 삶을 열 두 단계로 나누어서 표현한 것인데 神殺이라고 하지요. 四柱八字學에 적용하는 神殺의 수가 고대로부터 내려오는 것이 수백 개가 넘습니다. 이것을 다 암기하거나 숙지할 필요는 없습니다만 반드시 꼭 알아두어야 할 4가지의 48글자는 다음과 같습니다. 이 48개의 글자도 여러분이 이미 잘 알고 있는 글자이므로 염려하실 필요는 없습니다.

첫째가 十二地支인데요, 이건 여러분이 다 잘 알고 있는 글자입니다. 子 丑 寅 卯 寅 巳 午 未 申 酉 戌 亥인데 이건 다 아시죠. 그런데 이 12개의 地支를 글자만 아는 게 아니고 글자가 가지고 있는 뜻도 함께 숙지해야 합니다. 둘째는 十二星辰인데요. 이 십이성진은 좀 낯설어하는 분도 계시겠으나 옛날 당사주에서 많이 사용했던 십이성진인데 기억나시는 분 많을 것입니다. 子貴(자귀) 丑厄(축액) 寅權(인권) 卯破(묘파) 辰奸(진간) 巳文(사문) 午福(오복) 未驛(미역) 申孤(신고) 酉刃(유인) 戌藝(술예) 亥壽(해수).

셋째는 十二運星(胞胎法) 이 十二運星은 일명 胞胎法이라도도 하는데 우리 인간 삶을 12단계로 분류해 놓은 것입니다. 胞(포) 胎(태) 養(양) 生(생) 浴(욕) 帶(대) 祿(록) 旺(왕) 衰(쇠) 病(병) 死(사) 墓(묘). 즉, 胞 胎 養 生 浴 帶 祿 旺 衰 病 死 墓.

넷째, 十二神殺입니다. 이 十二神殺은 十二星辰과 같이 연동해서 사용하는 도구입니다. 劫殺(겁살) 災殺(재살) 天殺(천살) 地殺(지살) 年殺(연살) 月殺(월살) 亡身殺(망신살) 將星殺(장성살) 攀鞍殺(반안살) 驛馬

殺(역마살) 六害殺(육해살) 華蓋殺(화개살)인데. 즉, 劫 災 天 地 年 月 亡 將 攀 驛 六 華인데 이렇게 4가지 십이지지, 십이성진, 십이운성, 십이 신살입니다. 이렇게 모두 4가지에 48글자입니다. 어렵지 않죠.

　四柱八字學에 등장하는 神殺은 엄청 많습니다만 이 4가지에 48글 자의 神殺만 이해하신다면 八字를 看命함에 부족함이 없을 것입니다. 그럼 八字에 준해서 글자의 뜻을 간략하게 살펴보겠습니다. 여기서 여 러분이 다 잘 알고 있는 十二地支는 생략하고요 먼저 十二星辰에 대 해서 알아보겠습니다.

십이성진(十二星辰)

　자귀(子貴), 쥐입니다. 貴는 귀하다는 뜻이죠. 왜 쥐(子)가 귀할까요? 여러가지 뜻이 있겠지만 한 가지로 요약한다면 생명창조의 의미가 있기 때문입니다. 쥐(子)는 多産의 동물입니다.

　축액(丑厄), 소는 액성입니다. 요즘은 닭이나 돼지머리를 놓고 제사를 지내지만 옛날에는 소를 제물로 사용했습니다. 소는 근면 성실하고 무게가 있죠. 살아서는 일을 죽어서는 인간에게 고기를 제공합니다. 그래서 신액(身厄)으로 표현합니다.

　인권(寅權), 호랑이는 무섭죠. 주체, 권력, 힘을 상징합니다.

　묘파(卯破), 破는 깨진다, 나뉜다, 쪼개진다와 같은 뜻이죠. 卯字 또한 둘로 갈라지는 형상이죠. 갈라진다 이런 뜻이면 무난합니다.

　진간(辰奸), 이 글의 뜻은 간사하다는 뜻인데 인간이 간사하다고 하면 좋은 뜻은 아니죠. 또 한편으로 생각하면 인간 삶의 형태로 생각하면 무난합니다. 간사함은 삶을 영위하는 수단이기도 하니까요.

사문(巳文), 이 글자는 학문을 뜻하는 글자죠. 뱀의 지혜. 성경에 아담과 이브를 현혹한 것이 뱀이라고 하지요. 우리 주변에 이런 사람은 없나요?

오복(午福), 글자 그대로 복을 의미하는데요 짐승 중에 앞발을 번쩍 든 말의 기상이 볼 만하죠. 十二星辰 중에 제일 좋게 표현한 글자입니다.

미역(未驛), 이 글자는 역마를 뜻하는데 요즘으로 표현한다면 버스 정류장 같은 것으로 비유되고 역마 하면 옛날 오일장이 성행할 때 이 지방, 저 지방의 장날을 쫓아다니며 다니는 장사꾼. 즉, 장돌뱅이라고 하죠. 이런 사람을 역마살로 표현했는데 요즘은 눈 깜짝할 시간에 온 지구를 왔다 갔다 하는 인터넷 통신망 이런 것이 역마라고 생각하는데 여러분의 생각은 어떤가요? 짐승으로는 양, 염소 등으로 표현하는데 삶의 환경이 척박합니다.

신고(申孤), 孤는 외롭고 고독하다는 뜻이죠. 申은 큰 도시를 뜻하기도 하는데 고층 아파트에서 홀로 지내면 외롭고 고독하겠지요. 더불어 살아야 하는데 팔자에 이런 글자 가지고 있으면 고독한 삶을 산다는 암시가 있습니다.

유인(酉刃), 刃은 칼이죠. 칼은 유익한 곳에 쓰이면 정말 좋은 도구죠. 그러나 잘못 쓰면 살인의 도구가 되기도 하죠. 누가 쓰느냐에 따라 결과가 달라지겠죠. 유익한 곳에 쓰면 좋으련만!

술예(戌藝), 예능, 예술, 기예를 뜻하죠. 이런 글자를 팔자에 가지고 있으면 예능 방면에 능하고 한 마디로 재주가 많은 사람이죠.

해수(亥壽), 이 글자는 목숨 수 자요. 수복강령. 이런 글 보셨죠? 장수를 뜻합니다. 命에 이런 글자가 있으면 오래 삽니다.

이상과 같이 十二星辰에 대해 간략하게 알아보았습니다. 이 十二星辰은 十二地支와 연동해서 그 뜻과 의미를 연상하면 八字를 간명할 때 유용한 도구가 될 것입니다.

십이운성(十二運星), 포태법(胞胎法)

포(胞(絶))

십이운성, 일명 포태법은 우리 인간의 삶을 12단계로 분류해서 표현하는 것인데요. 여기서는 기초적인 것만 언급합니다만 여러분의 상상력도 동원하면서 이해하시기 바랍니다. 먼저 포 또는 절이라고도 합니다. 그래서 포태양, 절태양 이렇게 부릅니다만 胞란 어떠한 한 알의 씨앗이 바람에 날려 흩어진 상태라고 할까요. 우리가 봄에 야외 들판에 나가보면 이름 모를 풀의 씨앗이 바람에 날려 떠돌아다니는 현상을 볼 수 있는데 꽃가루 같기도 하고 씨앗 같기도 한 게 바람에 날려 우리 호흡기 계통에 장애를 주어 알레르기 같은 현상으로 나타나기도 하는 현상을 여러분도 체험해보신 경험이 있지요.

이러한 現像을 胞로 비유할 수 있는데 아직 미완의 상태를 표현한 것으로 이해하면 될 것입니다. 生産이란 무릇 짝을 만나야 하는데 이 짝을 만나기 전의 형태라 할 수 있습니다.

태(胎)

다음의 단계가 胎의 단계인데 여러분은 母胎란 말 들어보았을 겁니다. 위에서 말한 胞子가 떠돌다가 안착할 땅을 만났다고 할까요? 총각이 처녀를 만났다고 할까요. 씨앗이 땅을 만났다고 할까요. 아무튼 陽과 陰이 만난 현상을 생각할 수 있겠지요. 男子의 정자가 女子의 난자를 만났다 이렇게 한 생명의 탄생을 준비하는 단계가 胎의 단계다, 이렇게 생각하면 무난합니다.

양(養)

이번 단계는 양입니다. 이 養은 기른다, 양육한다, 이런 뜻이죠. 정자와 난자가 만나 胎를 이루고 이 태가 자궁 속에서 무럭무럭 자라나는 현상을 들 수 있습니다. 이 養地가 인간 삶의 12단계 중 제일 좋은 단계가 아닌가 싶습니다. 그것은 태아를 가진(임신) 여자로서는 환경(좋은 환경, 나쁜 환경)을 떠나 힘든 일을 할 수가 없습니다. 그러므로 태아의 입장에서는 제일 안락한 시기라고 생각됩니다만 제가 인간의 삶에 행로가 生苦死라고 했지요. 태어나기 전 단계이니 이 生苦死의 범주에서 벗어난 삶이 아닌가 해서요. 아무튼 이 養의 단계는 母胎에서 무럭무럭 자라나는 현상을 뜻합니다. 사주팔자를 간명할 때 이 養地는 보육원이나 양로원 또는 어린이집으로 표현할 수도 있겠지요.

생(生)

이번엔 생입니다. 母胎로부터 무럭무럭 자란 생명체는 때가 되니 이 제 세상 밖으로 나오게 되겠지요. 이렇게 모태에서 세상 밖으로 나오는 것을 우리는 出生했다고 하지요. 왜 이렇게 세상 밖으로 한 생명이 나올 때 제일 먼저 하는 행동이 '으앙' 하고 울죠. 왜 울까요? 여러 설이 있겠습니다만 내가 이 세상에 왔다고 소리쳐 알리는 면과 효심이 동해 미역 가져오라는 소리도 되고 시간이 되면 금반지 가져오라는 소리도 되고. 아무튼 여러분의 상상에 맡기고요. 이렇게 세상에 태어나면 제일 먼저 하는 일이 목욕이죠. 그래서 이번엔 浴地입니다.

욕(浴)

욕지는 목욕이죠. 어린 아기는 목욕시킬 때 울죠. 왜 울까요? 여러분의 상상력을 동원하시고요, 아무튼 깨끗이 닦고 목욕을 시키고 나니 훨씬 예쁜 아기가 됐습니다.

여러분은 도화살이란 말 들어보셨을 겁니다. 이 도화란 것이 복숭아꽃을 말하는 것인데요, 얼마나 예쁩니까? 옛날에는 도화살이 있으면 품행이 좋지 못한 여자로 평하는 시절도 있었습니다만 요즘은 유명하다는 연예인이나 유명인은 모두 도화살이 있다고 합니다.

이 浴地는 도화살을 의미하는데 이 도화살로 인해 어떤 여자는 백마 탄 왕자를 만나기도 하고 어떤 여자는 이 도화살로 인해 온갖 풍상을 겪는 것을 우리 주변에서 흔히 볼 수 있습니다. 아무튼 이 도화살은 좋고 나쁘고가 극명하게 갈리는 殺이기도 합니다.

또한 목욕은 한 번만 하는 것이 아니죠. 그래서 浴地 도화는 반복의 의미가 있습니다. 세수나 화장을 한 번만 하는 게 아니죠. 浴地 도화 하면 반복의 의미가 있다는 것을 기억하시기 바랍니다.

대지(帶地)

이번엔 대지입니다. 官帶라고 하지요. 이 帶는 허리띠라는 의미죠. 옛날엔 선비가 사모관대를 착용하고 뭐 이런 말 들어보셨죠.(사극 같은 데서요) 한 생명이 태어나서 성장하면 학교도 다니고 배움의 시작이죠. 그래서 직장도 다니고 또한 승진도 하고 그래서 이 帶地를 官帶라고 합니다. 다음에 배울 神殺에서는 月殺과 같이 가는데 여성의 생리와 연동되기도 합니다. 아무튼 이렇게 관대의 시간이 지나면 祿地에 들어가게 됩니다.

록지(祿地)

이번엔 록지입니다. 태어나서 성장해서 학교 다니고 직장 다니고 하면서 고위직에 오르게 되겠지요. 이것이 祿의 단계입니다. 최고 정상의 자리에 오르기 전의 단계가 祿의 단계입니다. 그러니 직책도 높고 받는 연봉도 높으니 목에 힘도 좀 들어가고 그러겠지요.

그런데 十二神殺에서는 망신살(亡身煞)과 연동됩니다. 왜일까요? 현직에 있을 때는 너무 잘 나가다가 퇴직하고 별 볼 일 없는 생활을 하면 망신살. 즉, 잘 나가는 생활하다가 남에게 손 내미는 삶이 되면 망신살이 뻗친다고 하죠. 아무튼 이 祿地는 좋은 단계입니다. 다음은 旺地, 최고의 자리죠.

왕지(旺地)

이번엔 왕지입니다. 자수성가해서 최고의 자리인 사장, 한 기업의 대표이사가 되면 많은 직원과 그 식솔의 생활을 책임지는 대표이사는 밤낮으로 근심과 걱정이 떠날 날이 없습니다. 겉으로 보기엔 회전의자에 앉으니 부러울 것 같으나 실상은 엄청 외롭고 힘들며 근심과 걱정이 떠날 날이 없는 것이 대표의 자리입니다. 간혹 버스를 타고 가다가 신호 대기에 버스가 정차하고 있을 때 창문으로 밖을 내다보면 BMW 같은 비싼 외제차를 타고 뒷좌석에 깊숙이 앉아 있는 사장님들을 가끔 목격하게 되는데 그분들의 표정은 하나같이 밝은 표정은 볼 수 없고 무거운 표정뿐입니다. 왜겠습니까? 고민이 많다는 것이죠.

아무튼 이런 자리가 旺地인데 그 자기에 오르기까지 남에게 신세도

졌을 것이고 때론 해서는 안 될 일도 했을 것이고요. 경쟁사회에서 어디 순탄한 일만 있었겠습니까? 남에게 말 못 할 사연이 어디 한두 개이겠습니까? 아무튼 이처럼 旺地의 자리는 모두 부러워하지만 내면에는 어두움도 있다는 것입니다. 아무튼 이러한 시간이 지나면 쉬는 시간도 오죠.

쇠지(衰地)

이번엔 쇠지입니다. 이 衰地는 힘이 없다 약하다 힘에 부친다 이런 뜻인데요. 전자에 말씀드렸던 養地는 이 세상에 태어나기 전의 상황에서 좋은 것이라면 이 衰地는 출생 후의 삶 중 제일 좋은 게 아닌가 생각이 듭니다.

조금 전 말씀드린 旺地는 최고의 자리이기는 하나 근심과 걱정이 떠날 날이 없었다면 衰地는 현직에서 물러나 퇴직한 상태입니다. 현직에 있을 때는 바쁜 일정 때문에 그 좋아하는 골프도 술도 운동도 어느 것 하나 마음 놓고 즐길 수 있는 여유가 없었으나 이제 퇴직을 했으니 시간도 여유가 있으니 즐길 수 있겠지요. 이런 취미활동도 하려면 경제가 뒷받침되어야 하는데 퇴직을 했으니 당장은 퇴직금도 있고 현 상태에서는 시간도 돈도 걱정할 필요가 없겠지요.

그러니 이 衰地의 시점이 제일 좋다고 말할 수 있겠지요. 八字에 이런 衰地가 있는 命은 이 衰地가 動하는 시점에 즐거운 시간을 갖게 되는 것입니다.

병지(病地)

이번엔 病地입니다. 衰地에서 이렇게 즐거운 시간을 보내다 보니 나이 들어 病도 나겠지요. 자연스러운 현상입니다. 이 病地가 神殺로는 역마와 같이 짝을 이루는데 역마 하면 여러분 잘 아시죠. 옛날 오일장마다 쫓아다니며 장사하는 사람을 장돌뱅이라고 하죠. 이 病地에 驛馬가 짝을 이루는 것은 나중에 배우겠습니다만 이 역마가 한 두개가 아니랍니다. 잠시 예를 들어본다면, 말이 건강해서 千里를 달릴 수 있는 말이 있는가 하면 病이 든 말, 다리가 부러진 절마(絕馬) 등 여러 형태의 말이 있습니다만 일반적으로 역마 하면 옛날 과거 시험 보러 갈 때 타고 가던 말 이런 정도로 생각이 나죠. 그런데 요즘의 馬는 어떤가요? 통신매체요 컴퓨터 같은 것이 이 시대의 역마입니다. 그런데 지금도 역마를 장돌뱅이 정도로만 이해하고 있다면 팔자 공부에 어려움이 많겠지요. 아무튼 사주팔자 공부는 자연을 이해하는 데서부터라고 했습니다. 자연이 무엇입니까? 현재의 상황이 곧 자연입니다. 이렇게 인간이 病地에 들면 다음은 死, 죽음입니다. 이것이 자연입니다.

사지(死地)

이번엔 死地입니다. 病이 들면 그다음은 여러분이 다 아시죠. 우리 인간은 자연의 아주 작은 일부분이라고 했습니다. 死, 죽는다. 이것으로 끝이 아닙니다. 자연의 세계는 子月 아주 춥죠. 해가 제일 짧은 계절 冬至죠. 그런데 이 동지에 一陽 하나의 양이 탄생합니다. 丑月 大寒에 二陽 양이 둘, 寅月 立春에 三陽 양이 세 개가 탄생하는데 이때가 立春절기가 됩니다.

陰의 세계에서 陽이 태동하는 시점이 밤의 시간이 제일 긴 冬至가 됩니다. 죽는다. 즉, 死의 세계는 잠시 활동을 멈추고 있을 뿐 자연의 세계는 순환의 연속입니다. 八字에서 死는 죽는다는 의미가 아닙니다. 침잠한다, 휴식한다는 뜻으로 이해할 수 있습니다.

묘지(墓地)

다음은 마지막으로 묘지입니다. 우리가 죽으면 장사를 지내죠. 땅에 묻는다는 뜻이죠. 땅속은 어둡죠. 팔자에서 墓란 지하공간, 단절의 뜻으로 표현할 수 있습니다. 직업을 예로 든다면 墓는 지하에서 하는 직업, 지하상가에서 일하는 것도 墓地에 들었다고 할 수 있습니다. 또한 백화점 같은 경우도 건물은 지상의 건물이나 墓地에 들었다고 할 수 있습니다. 그것은 백화점은 지상의 건물이지만 창문이 없습니다. 낮에도 항상 전등을 켭니다. 햇빛을 볼 수 없습니다. 지하공간이나 마찬가지입니다.

팔자학에서 직업이 墓地에 든다면 이와 같이 응용하기도 합니다. 墓地하니까 죽어서 땅속에 묻히는 것으로만 이해하면 안 됩니다.

아무튼 이렇게 십이운성(=포태법)은 인간 삶을 12단계로 나누어 비유로 표현했음을 알 수 있습니다. 다음은 십이운성과 연동해서 사용되는 十二神殺에 대해 알아보겠습니다.

십이신살(十二神殺)

겁살(劫殺)

이 劫殺의 겁은 빼앗긴다, 빼앗는다는 의미가 내포되어 있습니다. 劫財하면 돈 財物을 빼앗긴다는 뜻이 되기도 하고 겁탈하면 여자가 몸을 빼앗겼다는 뜻도 되겠지요. 반대로 하면 빼앗아 온다는 뜻도 되겠지요. 아무튼 내 것을 빼앗긴다는 정도로 이해하시면 됩니다.

재살(災殺)

이 재살은 재앙을 뜻하는 글자죠. 인간의 노력이나 힘으로는 어찌할 수 없는 것들. 즉, 태풍이나 홍수 또는 지진, 화산폭발과 같은 현상을 災殺이라고 할 수 있습니다.

천살(天殺)

이 天殺은 災殺과 같은 유형입니다만 災殺과 다른 점은 인간이 태어날 때부터 징벌적인. 즉, 태어날 때부터 불구의 몸이라든가, 언어장애, 정신병, 암과 같은 질병으로 인해 하늘을 원망하는 일들을 天殺이라고 할 수 있지요. 흔히 천벌을 받았다고 악담하는 유형이라 이해하면 됩니다.

지살(地殺)

지살은 天殺이 하늘의 뜻이었다면 地殺은 내가 살아가면서 일어나는 일. 즉, 아기가 태어나서 걷고 말을 배우고 성장해서 직업을 바꾼다든가, 이사를 한다든가, 이민을 간다든가. 즉, 가정의 변동사. 즉, 삶의 형태를 地殺로 이해하시면 됩니다.

년살(年殺)

이 연살은 세월을 뜻하죠. 화려하고, 아름다움, 남녀 간의 사랑, 쾌락, 색정 이런 것으로 주로 표현하는데 십이운성에서 욕지(浴地, 도화살)와 주로맥을 같이 하는 殺로 이해하시면 됩니다.

월살(月殺)

이 月殺은 불편하고 거추장스럽고 남에게 보이고 싶지 않은 그런 뜻을 가지고 있는데 여성에게 매달 있는 생리현상을 생각하면 쉽게 이해되리라 믿습니다. 十二運星에서 官帶地와 같은 맥락으로 이해하면 됩니다.

망신살(亡身殺)

이 망신살은 글자 그대로 망신을 당한다는 뜻인데 우리가 살면서 어떤 경우에 망신을 당합니까? 예로 도박을 해서 재산을 탕진했다거나 또는 남녀 간의 치정 문제로 화두가 된다면 모두 망신살에 해당되겠지요. 즉, 外的인 문제가 아니라 內的인 문제로 인해 일어나는 현상을 뜻합니다.

장성살(將星殺)

이번엔 장성살인데요, 十二運星法에서 旺地와 같은데 軍에서 將軍이면 최고 계급이죠. 위세가 당당하고 권세를 누립니다. 旺地와 같은 맥락으로 책임 또한 막중합니다. 많은 부하를 통솔해야 하고 24시간

적과 대치하에 국민의 생명과 재산을 지키는 막중한 책임으로 한시도 마음 놓고 쉴 수 있는 자리가 아닙니다.

반안살(攀鞍殺)

이번엔 반안살입니다. 이 반안의 뜻은 휘어잡아 누른다는 뜻인데 우리나라 말로 표현한다면 편안하게 즐기는 그런 뜻으로 이해하면 됩니다. 胞胎法에서 衰地를 연상하면 무난하겠지요.

역마살(驛馬殺)

이번엔 역마살입니다. 역마는 여러분이 다 잘 아시죠? 시골의 장돌뱅이, 많이 움직인다 활동한다 등으로 표현할 수 있겠지요. 이렇게 많이 활동하다 보면 많이 부딪히는 경우가 생기겠지요. 그래서 다음은 六害殺입니다.

육해살(六害殺)

이 六害殺은 포태법으로는 死地에 해당하죠. 6害란 여섯 가지의 해로운 것을 말하는데요, 질병, 구병, 급성질환, 화재, 도난, 관액 등을 말하는데 우리 인간 삶에 어찌 여섯 가지뿐이겠습니까? 아무튼 우리 삶의 고통을 표현한 것이라 생각하면 됩니다.

화개살(華蓋殺)

마지막으로 화개살입니다. 화개는 화려함으로 덮는다는 뜻인데요, 덮는다 감춘다 은닉한다 포장한다 등으로 생각할 수 있는데 십이운성의 포태법에 墓地와 같이 가는데 예로 안에서는 악취가 나는 시체가 있는데 겉은 화려한 백합꽃으로 덮고 있다고 생각해 볼 수도 있겠지요. 더욱 많은 상상을 기대해 봅니다.

아무튼 이렇게 해서 十二運星과 十二神殺을 대충 알아보았습니다. 여러분의 상상력과 숙고를 통해 더 많은 예를 찾아 八字를 간명하는 데 유용하게 사용하시기 바랍니다.

십이운성運星: 胞(絶) 胎 養 生 浴 帶 祿 旺 衰 病 死 墓
십이신살神殺: 劫 災 天 地 年 月 亡 將 攀 驛 六 華

생고사(生苦死)

인간 삶의 여정은 생고사로 귀결됩니다.

그러므로 귀명 천명을 불문하고 先天之命인 팔자에는 행복은 없습니다.

그러므로 행복은 내가 만들어서 행복해지는 것입니다.

그럼 나는 누구인가?

나를 모르고는 행복을 만들 수 없습니다.

他人의 八字를 족집게처럼 알아맞추기 위해

팔자 공부를 하는 게 아닙니다.

즉 나를 알기 위해 공부하는 것입니다.

나를 알면 보입니다. 보이면 수(取, 가질 수) 할 수 있습니다.

이렇게 取한 이 행복을 他人에게 나누어 줄 때

행복은 배가 됩니다.

나를 안다는 것은 길(道)을 안다는 것입니다.

길을 아는 나그네의 삶은

여유롭고 행복할 것입니다.

이 세상에 공짜란 없습니다.

공짜란 쥐덫 앞에 놓은 생선 조각일 뿐입니다.

命을 아는 者 공짜를 탐하는 일 없습니다.

梅山

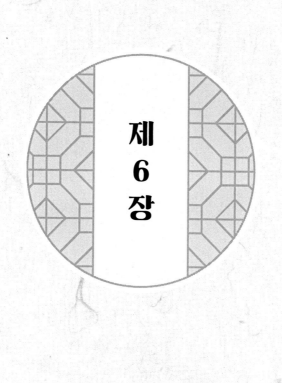

제
6
장

공망(空亡)

자 이번에는 空亡이 무엇인지에 대해 알아보겠습니다. 空亡하면 처음 공부할 때 天干은 10개고 地支는 12개가 짝을 지어 순행하는 과정에서 地支의 11번째의 戌과 12번째의 亥는 짝이 없다고 한 말 기억나시죠? 戌과 亥는 하늘의 글자 天干이 비었다고 해서 空亡이라고 한다고요. 이제 생각나시죠?

이 空亡은 하늘이 비었다고 해서 일명 天中殺이라고도 합니다. 즉, 만물은 하늘의 氣와 땅의 物을 만나야 生成할 수 있는데 정작 하늘이 비어 있으니 어떻게 生成할 수 있나요? 예로 여자는 있는데 남자가 없다면 자손을 얻을 수 없겠지요.

우스운 얘기 하나 할까요? 어느 날 成年의 男女가 만나서 결혼해서 부부로 살고 있었습니다. 그런데 이 남편이 外地로만 떠돌고 合房을 하지 않으니 生産을 할 수 없겠지요. 자손이 귀한 시대에선 자손이 생기기를 학수고대하는데 말이죠. 그래서 참다못한 이 며느리는 친정집에 가서 하소연을 합니다. 하늘을 봐야 별을 딸 것이 아니냐고요. 무슨 말인지 이해하시겠죠?

이와 같이 짝이 없는 것을 空亡이라고 하는데 空亡이라는 글자의 뜻은 속이 비고 망했다는 뜻이죠. 그런데 이 공망을 사주팔자에 대입하는데 너무 복잡하고(사실은 복잡하게 만들고) 다양해요. 이 空亡은 八字가 定해질 때 大運과 같이 空亡도 定해지는데 定해진 이 공망이 사주팔자에 나타나 있기도 하고 나타나 있지 않는 경우도 있습니다. 또한 이 공망을 적용하는 것도 年柱 공망이다 月柱 공망이다 또는 日柱 공망, 時柱 공망, 또한 天空이다 支空亡이다, 五行 공망, 吉神 공망, 凶神 공망, 六親 공망, 方位 공망, 四大 공망 등 이렇게 공망만 열거하는 것도 숨이 차네요. 이렇게 많은 공망을 팔자에 다 적용하면 공망에 걸려서 다닐 수가 없습니다. 그래서 이 많은 공망 중에 내 몸을 뜻하는 日柱 공망을 위주로 해서 보고 나머지는 참고사항으로 보시면 됩니다. 아래의 도표를 통해 공망을 보겠습니다.

筍(순)											순중공망	四大공망
1筍	甲子	乙丑	丙寅	丁卯	戊辰	己巳	庚午	辛未	壬申	癸酉	戌亥	水
2筍	甲戌	乙亥	丙子	丁丑	戊寅	己卯	庚辰	辛巳	壬午	癸未	申酉	無
3筍	甲申	乙酉	丙戌	丁亥	戊子	己丑	庚寅	辛卯	壬辰	癸巳	午未	金
4筍	甲午	乙未	丙申	丁酉	戊戌	己亥	庚子	辛丑	壬寅	癸卯	辰巳	水
5筍	甲辰	乙巳	丙午	丁未	戊申	己酉	庚戌	辛亥	壬子	癸丑	寅卯	無
6筍	甲寅	乙卯	丙辰	丁巳	戊午	己未	庚申	辛酉	壬戌	癸亥	子丑	金

* 여기서 1순, 2순 하는 순이란 筍(순) 대나무의 마디를 뜻함

여러분의 일주가 무엇입니까? 예로 戊辰 일주라면 戊亥가 공망이 됩니다. 甲寅 일주라면 **子丑**이 공망이 됩니다. 이렇게 정해지는 공망을 순중공망이라고 합니다. 또한 四大공망은 金과 水만 있는데 이 공망은 옛날 고법의 納音五行에서 비롯된 공망인데 그냥 참고하는 정도면 됩니다.

연주, 월주, 일주, 시주 공망 보는 방법은 다 동일합니다.

순중공망이란?

공망되는 글자를 말합니다. 즉, 子丑공망이라면 子水와 丑土의 글자가 공망인데 이런 것을 순중공망이라고 합니다.

五行공망이란?

申酉가 순중공망이라면 五行으로는 金星이죠. 그러니까 五行으로는 金이 공망이 되는 것입니다.

또한 干空이란?

순중공망이 寅卯라면 天干으로는 甲과 乙이 되겠지요. 이럴 때 干공망은 甲木이나 乙木이 干空입니다.

순중공망이 같은 成分이 아닌 경우도 있겠지요. 예로 子丑이나 午未같은 경우에 干空은 어떻게 되나요? 순중공망이 子丑일 때 干空은 앞의 글자만 적용합니다. 즉, 干空은 壬水, 癸水. 순중공망이 午未인 경우는 앞의 글자 午火. 즉, 干空은 丙火나 丁火입니다.

※ 그런데 이 공망이 팔자에 있을 수도 없을 수도 있습니다 팔자에 공망의 글자가 없는 경우는 大運의 글자나 세운의 글자가 오면 그 때 적용하게 됩니다.

吉神의 공망 또는 凶神의 공망이란?

전에 공부할 때 吉神, 凶神이 무엇인지 공부했지요. 나에게 좋은 吉神이 공망되면 길신의 역할을 못하니 불리하겠지요. 반대로 凶神이 공망되면 이 또한 흉신의 역할을 제대로 못하니 유리하겠지요.

六親공망이란?

예로 女子命에 丙辰 일주라면 순중공망이 子丑인데 子는 육친으로 官星. 즉, 배우자가 공망이 된다는 것이고 丑土는 육친으로 자식의 자리가 된다는 것 이것이 육친공망이라는 것입니다.

또한 方位공망은 무엇인가요?

위의 丙辰 일주의 여자라면 子丑이 공망이니까 子丑은 북쪽이죠. 그러니까 北方이 공망의 방위라는 것입니다.

이와 같이 몇 가지의 예로 공망을 살펴보았습니다만 이 외에도 수많은 공망이 있습니다만 그런저런 공망이 있다더라 정도로 알고 넘어가시면 됩니다.

다만 여기서 한 가지 특별한 현상은 전에도 잠시 언급한 바 있습니다만 공망이란 속이 비고 망했다는 의미인데 공망이 旺氣를 띠는 현상이 도래할 때는 예기치 못한 현상이 나타나기도 하는데 이런 경우는 오히려 발복한다는 의미인데 이런 특이한 현상을 제외하고는 그 작용력이 미미하다는 것을 참고하시기 바랍니다.

또한 이 공망은 刑과 冲에 의해 해공되기도 합니다. 이해를 돕기 위해 실명으로 설명해 드리겠습니다.

[대운(大運)]

乾	癸	(庚)	丙	甲	戊 寅
	未	戌	子	申	

위의 命의 순중공망은 寅卯가 순중공망입니다. 기록된 八字에는 순중공망이 없습니다. 天干에 干空 甲木은 있습니다. 순중공망인 寅卯는 財星입니다. 그러니까 財物이 비었다는 뜻이지요. 좋다 나쁘다는 여러분의 판단! 팔자에는 순중공망 寅이나 卯가 없는데 大運에서 寅이 옵니다. 이런 경우 寅財가 공망운이 온 것입니다. 그런데 大運支 寅과 命式의 年支 申과 寅申 冲이 일어납니다. 이렇게 충이 일어나면 해공된다고 했습니다. 다시 말해 공망이 해제됐다는 것이지요. 이럴 때 干공망이 財가 月支에 뿌리가 없다가 大運支에 寅木으로 뿌리를

내리고 祿을 얻으니 財가 旺氣를 띠는 형상입니다. 좋은 건가요, 나쁜 건가요? 아무튼 공망은 이렇게 적용하는구나. 여러분의 팔자를 놓고 공망을 적용해 보시기 바랍니다. 이제 공망을 아시겠지요? 看命하는 시간에 좀 더 공부할 시간이 있습니다. 아무튼 이 시간에는 공망이 이런 것이구나 하고 개념만 바로잡으시면 됩니다.

간명(看命)

지금까지 여러분은 神이 인간에게 부여한 비밀 암호문을 해독하는 데 필요한 자연 속의 各種 도구들이 어떤 것들이 있고 이 도구가 어떤 기능을 가지고 있고 어떤 역할을 하고 이 도구라는 것이 우리 인간 삶에 어떤 영향을 미치는지에 대해 대략 알아보았습니다. 그렇다면 지금부터는 자연 속에 아주 작은 한 인간의 命을 神이 부여한 암호문을 해독하는 작업을 시작해 보도록 하겠습니다.

첫 번째 질문을 해보죠. 한 생명이 태어날 때 무엇을 가지고 나오나요?

이렇게 질문하면 빈손으로 왔다가 빈손으로 가는 게 우리네 인간이 아닌가요? 대부분의 사람은 이렇게 답하겠죠. 맞는 말이죠. 그런데 다 맞는 말은 아니죠. 반은 맞고 반은 아니죠. 왜냐하면 나라는 존재가 하늘에서 뚝 떨어지는 게 아니니까요. 즉, 부모, 형제, 자매라는 인연을 가지고 나오는 것이죠. 한 생명이 태어나는 순간에 四柱八字와 六神(六親)의 인연을 가지고 나온다는 것이죠. 그렇게 보면 이 세상에 올 때 빈손으로만 오는 게 아니란 얘기입니다.

두 번째 질문입니다. 그럼 四柱八字와 六神은 무엇인가요?

四柱八字는 六十甲子의 일부이며 六神은 六十甲子의 주변환경입니다(부모, 형제, 자매, 배우자, 자식).

세 번째 질문입니다. 그럼 六十甲子란 무엇인가요?

六十甲子란 지구의 공전과 자전에 의한 시간에 흐름을 숫자로 표시해 놓은 것이 육십갑자인데 이것은 자연 속의 氣와 質의 관계를 함축해 놓은 것입니다.

이상과 같이 3가지의 기초적인 질문 속에 한 인간이 자연 속의 한 일원으로 태어날 때 가지고 나오는 四柱八字란 六十甲子라는 틀 속에 있고나, 이 六十甲子란 지구라는 자연 속의 氣와 質의 관계구나, 이 육십갑자란 연속적인 시간의 흐름표구나, 이렇게 생각하면 四柱八字가 무엇인지 대략 감이 오시죠?

그러니까 우리 인간이 이 세상에 태어난다는 것은 내 의지와는 전혀 무관하게 자연의 섭리에 의해 태어났다(生) 또한 내 의지와는 전혀 무관하게 生을 마감하게 되는 순환의 연속성 속에서 살아가고 있는 거죠. 이렇게 자연의 섭리에 의해 이 세상에 온 한 생명이 살아가는 삶이 어떤 삶인가?

태어나는 순간 빈부귀천의 命을 막론하고 희로애락 길흉화복을 거치게 되는데 이 삶의 이정표가 몹시 궁금하고 알고 싶어 하는 것이 인간의 본능이죠. 그래서 예나 지금이나 그것을 알고자 애쓰고 노력합니다만 만족할 만한 답을 얻지 못한 것이 오늘날의 현실이죠. 그런데 왜 답을 찾지 못할까요? 이에 대한 물음표를 앞에 놓고 출발해 봅니다.

인간은 우주 자연의 세계에 아주 작은 일부분이라 했습니다. 그럼 그 아주 작은 씨앗이 무엇인지 알아봐야겠지요. 여러분의 책상에 놓여 있는 노트에 四柱八字를(자연 속의 아주 작은 씨앗) 적어 봅니다. 여러분이 이 세상에 등장해서 사라질 때까지의 이정표. 즉, 시간표입니다.

癸	(庚)	丙	甲
未	戌	子	申

다 기록했나요? 여러분의 四柱八字(사주팔자, 일명 씨앗)는 어떻게 이루어졌나요? 六十甲子. 즉, 60개의 기둥 중에 여러분의 八字는 네 기둥으로 이루어졌는데. 즉, 年柱, 月柱, 日柱, 時柱 이렇게 이루어진 기둥 중에서도 日柱 中의 日干이 命을 대표하는 글자라 했습니다.

첫째, 여러분의 命을 대표하는 글자는 어떤 글자인가요? 하늘의 글자. 즉, 天干의 글자 甲乙丙丁戊己庚辛壬癸 中에 하나일 것입니다. 日干이 정해졌으면 日干을 동물로 표현해 보세요. 여러분의 日干은 무슨 동물인가요? 모르시겠다고요? 저번 시간에 다 배웠습니다. 甲木이라면 여우, 乙木이라면 담비, 丙火라면 사슴, 丁火라면 노루 이런 식으로 말이죠. 이제 기억나시죠? 이렇게 日干을 동물의 특성으로 그 성향을 추론해 보는 것입니다.

예로, 어떤 命의 日干이 辛金이라면 짐승으로는 꿩에 속하는데 꿩이
라는 짐승은 돌다리도 두드려 보는 성향인데 비해 한편으로는 자기
꾀에 자기가 넘어가는 우둔함도 있다고 했지요. 이처럼 日干의 성향을
동물로 비유해서 추론해 보는 방식입니다.

둘째, 日支에는 어떤 글자가 있나요? 日支는 배우자宮이라고 했지요.
여러분의 배우자宮에는 어떤 六神(六親)이 들어가 있나요? 宮과 星은
구별할 줄 아시죠? 모르시겠다고요? 다 배웠는데, 그럼 다시 한번 설
명하겠습니다.

時	日	月	年
干	甲	干	干
支	子	支	支
자식궁	배우자궁	부모형제궁	조상궁

日支가 배우자宮(집)인데 집이라는 뜻이죠. 宮 안에 들어 있는 글자
가 성(星) 六神입니다. 이제 宮과 星을 아시겠지요. 좀 더 설명한다면
요, 年支=조상궁, 月支는 부모형제궁, 日支는 배우자궁, 時支는 자식궁,
星은 宮 속에 들어있는 글자. 즉, 六神(六親)을 말하는 것입니다. 그러

니까 甲子 日柱라면 배우자 집에 母(엄마)가 들어가 있다는 것이죠. 그럼 얼핏 떠오르는 게 고부 간에 갈등이 있겠구나 하는 식이죠.

그러나 甲子 日柱라고 해서 다 고부 갈등이 있다고 말하면 안 됩니다. 왜냐하면 주변 환경이 있기 때문이죠. 아무튼 이처럼 日干의 성향을 동물로 비유해서 추론하고 日支의 六神을 통해 배우자의 성향을 추론해 보는 것입니다.

셋째, 여러분은 春夏秋冬 봄, 여름, 가을, 겨울 중 어느 계절에 태어났나요? 실명을 적겠습니다. 여러분도 여러분의 八字命을 기록해 보세요.

[건명(乾命)]

癸	(庚)	丙	甲
未	戌	子	甲

이 命은 大雪을 지나 아주 추운 子月에 태어났습니다. 여러분은 어느 계절에 태어났나요? 이 命은 庚金 日干에 子月에 태어났습니다. 호칭할 때는 子月에 庚金이다 이렇게 호칭합니다. 왜 몇 월에 태어난 것이 중요할까요? 그것은 生産의 의미가 있기 때문입니다. 그래서 月支에서 格을 잡는 이유이기도 합니다. 格局 아시죠? 여러분은 무슨 格입니까? 이 命은 子月에 庚金은 傷官格입니다. 月支가 곧 格이라고 했는데, 여기서 주의할 점은 月支인 子水가 格이 아닙니다.

月支인 子水 중에 들어있는 지장간의 本氣가 格인데 子 중에는 壬

水와 癸水가 있는데 本氣는 癸水죠. 그래서 癸水가 格이 되는 것입니다. 이제 아시겠죠. 그래서 이 命의 格은 傷官格이다 이렇게 부르는 것입니다(格은 地支가 아닌 天干의 글자로 이루어집니다). 命의 주인인 日干과 格(실권자)이 다른 점을 아시겠죠?

실권자가 무엇인지 생각이 안 나면 되돌아가서 보시기 바랍니다. 아무튼 이렇게 格을 알아보았는데요. 格局이라고 하지요. 그럼 局은 무엇인가요? 格은 天干의 글자로 이루어지고 局은 地支의 글자로 이루어지는데 3개의 지지가 모여 局을 이루게 됩니다. 三合을 아시죠? 즉, 寅午戌(火局) 申子辰(水局) 巳酉丑(金局) 亥卯未(木局) 이렇게 3개의 地支가 모여서 만드는 것이 局이 되는 것입니다.

여기서 참고할 사항은 午.寅.戌 세 개의 글자 중 하나가 이격되어 있어도 局이 형성된다는 것입니다. 이렇게 해서 格과 局을 알아보았습니다.

그런데 왜 이렇게 格局을 중시할까요?(사실은 그리 중요하지도 않은데) 格局을 중시하는 2가지 이유가 있다고 말씀드렸습니다.

첫째, 四柱를 看命할 때 喜神인지 忌神인지를 가리는 잣대로 활용하기 위해서 格을 찾는다고 했는데 喜神(희신) 忌神(기신)이 뭐예요? 하는 분을 위해 잠시 설명하고 넘어갈게요.

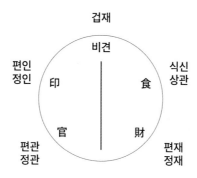

格이 정해진다면 비견을 중심으로 해서 어느 쪽이든 정해지겠지요. 예로 어떤 命에 상관격이 이루어졌다면 무게 중심이 오른쪽으로 기울어졌다는 뜻이지요. 그렇다면 平衡을 이루려면 왼쪽의 글자가 오면. 즉, 편인이나, 정인, 또는 편관이나 정관의 글자가 온다면 오른쪽으로 기울었던 무게 중심이 평형을 이루게 되겠지요. 도표에서처럼 傷官格이 이루어졌다면 歲運(세운)에서 오는 글자가 왼쪽의 글자. 즉, 편인, 정인, 또는 편관이나 정관의 글자가 온다면 喜神運이 왔다고 하고, 반대로 식신이나 상관 또는 편재나 정재의 글자가 온다면 忌神 운이 왔다고 하는 것입니다.

이러한 現像을 用神으로 표현할 때 억부용신(抑浮) 또는 부억용신이라고 하죠. 이와 같은 희신이다 기신이다 하는 것 원론적으로만 이해하고요, 忌神이 이런 것이고 喜神이 이런 거구나 정도면 족합니다. 왜냐고요? 四柱八字를 看命하는 데는 큰 의미가 없습니다.

예로부터 금과옥조처럼 내려오는, 아니 요즘도 대단한 것인 양 중시하는 분도 있으나 그냥 그런 게 있다더라 하시면 됩니다. 그럼 중요하지도 않은데 왜 이렇게 장문으로 설명해 드리는가 하니, '格局이다, 用神이다가 무엇인지는 알아야 하기 때문입니다. 그래야 제대로 이해할 수 있기 때문입니다. 格局用神을 神처럼 떠받들고 있는 것이 방금 말씀드린 부억용신(浮抑用神), 억부용신(抑浮用神), 조후용신(調候用神), 통관용신(通關用神), 병약용신(病藥用神), 전왕용신 등을 꼽을 수 있는데 그냥 그런 게 있다더라 정도면 족합니다.

자 그럼 다시 본론으로 돌아와서 格을 찾는 이유가 첫째는 喜忌神을 가리는 잣대가 된다고 해서 희신이 무엇인지 기신이 무엇인지 알아보았고요. 둘째는 命의 정체성을 알아보기 위해서입니다. 命의 정체성이란 또 무엇인가요? 쉽게 설명드린다면 왜 유행가 가사에 이런 게 있지요? 앉으나 서나 당신 생각. 그 사람이 가지고 있는 주관적인 생각을 말하는 것입니다. 格을 보면 이 사람은 앉으나 서나 무슨 생각으로 사는 사람인지를 간파할 수 있다는 것입니다. 이 또한 추상적인 것입니다만 이처럼 이러한 두 가지를 알아보기 위해 格을 찾는다고 했습니다. 그러나 누차 말씀드리지만 인간사 천층만층구만층이라 했습니다. 샘플 몇 가지의 格으로 그 많은 인간 삶을 다 표현할 수는 없습니다. 참고사항으로 알면 족하다고 했습니다.

자, 여러분의 자기 실명을 다시 보도록 하겠습니다.

癸	(庚)	丙	甲
未	戌	子	申

이와 같이 실명이 기록되면 命柱도 알았고 月支에서 格(실권자)도 알았습니다. 그럼 日干을 제외한 일곱 글자는 무엇일까요? 전번에 六神을 배웠죠. 즉, 내 주변의 환경입니다.(육친) 여러분의 주변 환경(육친)은 무슨 글자로 이루어져 있나요? 내가 이 세상에 태어날 때 가지고 나온 것들입니다. (육친)상기 命에서 庚金 日干을 제외한 나머지 일곱 글자는 환경입니다. 여러분의 命에는 환경이 어떤 글자로 이루어져 있나요? 어느 六神의 힘이 강하고 약한가요? 또한 어느 六神이 천간에 드러나 있나요? 점검해 보세요. 여러분의 삶을 주도하는 역할을 하는 六神이 天干에 드러난 글자입니다.

위에 기록된 命은 庚金 日干인데 日干을 제외한 天干에 드러난 글자는 年干은 甲木 財星, 月干은 丙火 官星, 時干은 癸水 傷官이죠. 즉, 이 命을 끌고 가는 축이 財, 官, 傷官이라는 것입니다. 그런데 이중에서도 어떤 성분이 제일 힘이 센가요? 힘이 세다는 것은 강한 것을 말하는 것이죠. 그럼 어떤 六神이 제일 강할까요? 하나하나 체크해 볼까요?

첫째, 甲木 財星은 時支 未土에 뿌리를 내려 강합니다. 둘째, 丙火 官星은 時支 未土와 日支 戌土에 뿌리를 내려 강합니다. 셋째, 癸水 傷官은 月支 子水에 뿌리를 내려 강합니다.

이와 같이 甲木財, 丙火官, 癸水傷官이 모두 地支에 뿌리를 내려 강합니다만 힘의 세기에도 등급이 있습니다. 전 시간에 강약왕쇠를 공부했지요. 地支에 뿌리를 내리는 순위는 첫 번째는 月支, 두 번째는

時支, 세 번째는 日支, 마지막 네 번째는 年支입니다.

天干에 드러난 글자가 地支에 뿌리를 내리면 다 강한 것입니다. 그러나 그중에서도 月支에 뿌리를 내리는 天干이 가장 힘이 센 것입니다. 그래서 月支에 뿌리는 내리는 六神을 格으로 삼는 것입니다. 그러니까 드러난 天干 3글자 중에서 제일 힘이 센 글자는 月支에 뿌리는 내린 癸水 傷官입니다. 그래서 상관격이라고 하지요. 이 命에 傷官이 주도적인 역할을 한다는 것입니다.

이렇게 天干에 드러난 글자가 月支에 通根하고 月支에서 生祿旺의 氣를 얻으면 旺하다고 하는데 生祿旺이 무슨 말인지 아시겠죠? 12運星法에서의 生祿旺氣를 말하는 것입니다. 자, 이렇게 八字가 정해지고 日干의 성분도 알아보았고 八字에서 주도적인 역할을 하는 格 六神도 알아보았고 어떤 六神이 강하고 약한지, 또한 어떤 육신은 아예 八字에 나타나지도 않았는지 등을 대략 알아보았는데요 보통 八字에 나타나지 않은 六神은 대체로 나와 별 인연이 없다고 생각하면 무난합니다만 자연의 섭리는 항상 변수가 존재함으로 다라고 해서는 안 됩니다. 아무튼 지금까지는 八字에 대한 것을 알아보았습니다. 지금부터는 八字와 같이 정해지는 運. 즉, 大運에 대해 알아보겠습니다.

대운(大運)

혹자는 命 좋은 것보다 運 좋은 것이 좋다는 말도 있어 命은 자동차, 運은 도로로 표현하는 사람도 있으나 아무튼 大運은 八字와 같이 定해진다는 것입니다. 이렇게 정해지는 運의 흐름이 내 八字에 지대한 영향을 주며 내 삶에 어떤 흐름으로 나타나는가 하는 것은 아주 중요한 요소입니다.

大運은 10년 주기로 변하게 되는데 예로 80세를 산다면 大運은 8번 바뀌게 되겠지요. 또한 大運은 命과 같이 정해지는데 大運은 命의 月支에서 파생되므로 계절을 의미하기도 합니다. 사람은 두 개의 계절을 가지고 한평생 살아가게 되는데 하나는 이 세상에 태어날 때의 계절이고 또 하나는 살아가는 동안의 변화의 계절. 즉, 大運의 계절입니다. 여러분은 태어날 때는 春夏秋冬 어느 계절에 태어났나요? 또한 현재는 어느 계절에서 살고 있나요? 大運의 支(대운의 계절)가 寅卯辰(봄), 巳午未(여름), 申子辰(가을), 亥子丑(겨울) 여러분의 大運支는 어느 글자인가요?

[대운(大運)]

癸	(庚)	丙	甲	甲
未	戌	子	申	申

이 命은 가을 계절의 시작인 申酉戌 중 申 가을의 계절에 들어와 있습니다. 여러분은 어느 계절에 들어와 있나요? 이처럼 大運은 干과 支

로 이루어지는데 10년 주기로 변화하게 됩니다. 10년이란 긴 세월이 命에 지대한 영향을 주므로, 해서 干과 支를 5대 5로 그 역할을 나누기도 하고 어떤 책에서는 大運支가 영향이 더 크므로 4대 6으로 해야 한다고 논리를 펴는 학자도 있습니다. 다만 이는 大運의 干과 支가 하는 역할이 무엇인지 전혀 알지 못하고 하는 주장입니다.

대운의 干과 支가 하는 역할이 같다면 어떻게 꿰어맞추기라도 할 텐데 대운의 干과 支가 하는 역할이 전혀 다르니 어떻게 꿰어맞출 수가 없네요. 그럼 대운의 干은 어떤 역할을 하나요? 여기서 잠시 쉬었다 갈까요?

삶

한 인간에게 八字가 定해지는 순간 各種 神殺과 地支의 조합으로 한 인간의 品格이 정해진다. 이렇게 定해진 格에 每年 찾아오는 歲運의 영향으로 吉과 凶 그리고 得과 失로 한 인간의 삶이 드라마로 펼쳐진다.

— 梅山

제가 입버릇처럼 주장하는 글입니다.

대운간(干)

大運의 干은 무슨 역할을 하나요? 대운의 干은 10년 동안 命의 格을 좋게(成格) 또는 나쁘게(破格) 하는 역할을 하는 것입니다. 이것을 좀 더 품위 있는 말로 하는 것이 格局의 成敗를 주관한다고 하지요. 쉬운 말로 표현한다면 앞으로 10년 동안 이러이러한 일이 있을 것이다, 이런 일이 일어날 확률이 있다고 예언해 주는 뜻이라고 생각하면 무난합니다. 즉, 앞으로 10년 동안 추상적인 장기예보라고 생각해도 무방합니다.

대운지(支)

그럼 대운의 支는 어떤 역할을 하나요? 대운의 支는 命의 月支에 근간을 두고 있습니다. 그러므로 대운의 支는 절기. 즉, 계절입니다. 命에서 月支를 중시하는 이유는 생산의 기능이 있기 때문입니다. 아울러 대운의 支는 절기로 생산의 기능이 있습니다.

여러분이 다 알고 달달 외고 있는 甲己合土 乙庚合金 丙辛合水 丁壬合木 戊癸合火 이것이 무엇입니까? 月支와 大運支에서 생산하는 기능을 뜻하는 것입니다.

甲과 己가 합했다고 해서 무조건 土가 생산되는 게 아닙니다. 조건이 이루어져야 합해서 化하게 되는 것입니다.

예를 들어, 처녀총각이 결혼해서 合했다고 무조건 자식을 생산하는 게 아닙니다. 여러 가지 조건이 부합될 때 생산하게 되는 것입니다. 그래서 月支와 大運支에서 생산의 기능이 있다고 해서 중시하는 것입니다. 하나의 예를 볼까요?

예시1)
○甲○辛 丙
○○**子**○ 申

이런 命일 때 대운에서 丙申 대운이라면 丙과 辛이 합해서 合化하여 月支에서 水를 생산하게 된다는 것입니다.

즉, 印星을 생산하게 된다는 것입니다.

예시2)
○庚○丁 壬
○○子○ **寅**

이런 命일 때는 팔자의 丁火와 대운의 壬이 만나 合化 木 財를 생산할 수 있다는 것입니다.

이상의 예와 같이 팔자의 계절 月支는 한번 定해지면 불변이므로 月支에서 合化 기능이 없다 해도 10년마다 변하는 大運支를 보면 언제 기다리는 財가 들어오는지도 가늠할 수 있겠지요. 이처럼 月支와 大運支는 생산의 기능이 있으므로 중시하는 것이고요. 그래서 格도 月

支와 大運支에서 찾는 것인데 月支는 태어날 때 定해지는 格이 좋지 못하더라도(破格) 10년마다 바뀌는 大運에서 좋은 格이 오면 成格됐다고 하는 것이고요. 반대로 命에서 좋은 格. 즉, 成格인데 運에서 오는 좋지 못한 破格 상황으로 인해 成格된 命이 破格으로 바뀌는 경우도 있겠지요. 그래서 大運의 干은 格의 成敗를 주관한다는 것이고요. 大運의 支는 月支와 더불어 생산의 기능을 가지고 있으므로 大運의 干과 支가 하는 역할이 다르므로, 5대 5니 4대 6이니 하는 설은 전혀 맞지 않다는 얘기입니다. 이제 아시겠죠?

명(命)으로 알아보는 대운(大運)

자, 그럼 지금부터는 실명을 가지고 大運에 대해 좀 더 알아보도록 하겠습니다. 여러분의 씨앗인 八字를 기록합니다. 타인이 시비 걸지 않는 만만한 命을 기록합니다.

실명)

癸**庚**丙甲 戊　　子月에 庚金 日干입니다.

未戌子申 **寅**　　財에 국한해서 설명하도록 하겠습니다.

命에 空亡은 순중공망 寅卯 財星입니다. 五行空亡은 木空입니다.

본 命은 年干에 甲木財가 透干되어 있습니다. 그러나 甲木財는 月支에 뿌리조차 내리지 못하고 있습니다. 그렇다면 본 命은 무슨 대운이 올 때 財를 기대해 볼 수 있을까요?

먼저 戊寅 大運을 보겠습니다.

첫째, 대운의 干의 동향을 보겠습니다. 대운의 干 戊土 印星은 命의

時干 癸水와 합합니다.

　둘째, 본 命은 癸水 傷官格입니다. 대운의 干 戊土 편인이 癸水 상관과 합한다는 것은 상관격의 기능을 정지시킨다는 것입니다.

　셋째, 戊土 편인과 癸水 상관이 합해서 생산이 이루어지나요? 戊癸가 合化 火가 생산되려면 月支나 大運支에 火의 成分. 즉, 午나 巳火의 글자가 있어야 생산이 되는데 없습니다. 그러니까 생산은 없으면서 상관의 기능만 정지했습니다. 格이 좋아졌나요, 나빠졌나요? 즉, 成格됐나요, 破格됐나요?

　넷째, 여기서 아주 중요한 것을 기억하시기 바랍니다. 그것은 대운의 干은 추상적인 개념이라 했습니다. 추상이 무엇입니까? 확정이 아니라는 것입니다. 格은 대운의 干에서만 해당하는 얘기입니다. 그래서 추상적인 格의 成敗는 그리 중요하지 않다고 말씀드렸습니다.

　그러나 세운(歲運, 1년)에서 戊土가 와서 癸水 상관과 합하게 되면 그 한 해는 傷官의 기능이 정지가 아니라 사라지는 것입니다. 즉, 일자리가 없어진다는 것입니다. 그러나 이때도 月支나 大運支에 午火나 巳火가 있다면 그 한 해는 상관은 사라지고 火星인 官을 얻는다는 것입니다. 그래서 합해서 사라지기만 하면 失이고 合化가 되어 생산이 되면 得이 되는 것입니다.

다섯째, 이번엔 大運支입니다. 命의 甲木財는 뿌리조차 없다가 寅木
大運支는 甲木財의 뿌리도 되면서 物(寅)象(甲)의 결합까지 되므로 命
의 입장에서는 財를 取得할 수 있는 절호의 기회인 것입니다.

여섯째,

癸庚丙甲 戊
未戌子申 寅

그런데 여기서 한 가지 문제가 생겼습니다. 그 문제가 무엇일까요?

그것은 年支의 申과 大運支 寅과 冲입니다. 여러분은 刑冲會合을
배우셨지요. 冲은 근본적으로 얻는 것보다 잃는 게 많다고 했습니다.
그러나 자연의 섭리는 확고하게 定해진 건 없습니다. 항상 예외가 존
재하는 것이 자연의 섭리입니다. 아무튼 冲을 하게 되면 땅속에 묻혀

있던 지장간이 돌출하게 됩니다.

癸	庚	丙	甲
未	戌	子	申
			戊 壬 庚

↔
冲

戊
寅
戊 丙 甲

   이와 같이 寅과 申이 충돌하면 지지장간이 튀어나오게 되는데 寅과 申 모두 陽地이므로 장간은 모두 陽干이 튀어나오게 됩니다. 그런데 命에는 癸水 하나가 陰干입니다. 癸水는 먼저 大運干 戊土와 합했으므로 튀어나온 지장간은 命에 합할 수 있는 天干이 없습니다. 이런 경우는 충돌했는데 손실은 별로 없고 전화위복 오히려 得으로 작용하는 경우입니다. 그럼 무엇을 얻게 되나요? 地支장간인 戊土 印星, 丙火 官星, 壬水 食神, 甲木 財星, 庚金 비견을 얻게 됩니다. 충돌했을 때 지장간에서 튀어나온 글자와 命에 드러난 天干과 합하게 되면 地支(器物, 그릇)에 담겨있던 지장간이 파괴되므로 손실이 크게 되면 지금처럼 寅과 申이 충돌했는데도 드러난 天干과 합이 되지 않으면 地支(그릇)이 파괴되지 않으므로 지지장간의 成分을 得하게 되는 것입니다.

   그러나 또한 지장간의 글자와 命의 天干 드러난 글자와 합이 되었다고 해도 合化 생산되는 조건이라면 得으로 작용한다는 것도 잊어선

안 됩니다. 아무튼 冲하면 得보다 失이 되는 경우가 많음을 기억하시기 바랍니다. 아무튼 命柱는 戊寅 大運 기간 중 失보다 得의 세월이었음을 알 수 있습니다.

일곱 번째, 대운의 干이 합하는 것은 命의 六神 기능을 묶고 정지시킨다고 했습니다. 이러한 현상이 또한 命의 六神을 보호하는 기능도 가지고 있다는 것을 참고하시고요, 덧붙인다면 묶고 기능을 정지시키니 답답한 형국도 있지만 刑冲會合에 의해 튀어나온 戊土가 癸水를 합할 수 없기 때문에 보호의 기능이 있다는 것입니다. 보호의 기능을 이해하시겠지요. 이처럼 대운의 干이 합하는 것은 보호의 기능이 있지만(10년 동안) 세운에서의 합은 보호 기능이 없고 합이 되는 成分은 사라지는 것입니다(1년 동안).

여덟 번째, 庚戌 日柱의 空亡은 財星인 寅卯라 했습니다. 空亡은 속이 비고 망했다는 의미입니다. 命柱는 財가 공망이니 부자를 기대할 수 있다 없다?

없다입니다. 그러니 부자를 탐하면 안 되겠죠. 그러나 空亡 旺氣를 공부한 적 있죠. 공망이 旺氣를 띄는 조건 하에서는 오히려 성취할 수 있다고요. 아무튼 戊寅 대운 기간은 財의 物象결합과 공망의 왕기를 띄는 가운데 財를 得하는 좋은 運이었음에도 아쉬운 점은 戊癸 합의 기능 정지, 寅申 冲의 여파로 기대치에는 못 미치는 운이었습니다만 他運에는 비할 바가 아니었습니다. 내친김에 己卯 대운까지 설명해 보겠습니다.

癸	(庚)	丙	甲		↔	己
					合	
未	戌	子	申		↔	卯
					合	

己卯 대운의 己土 印星은 命의 財星이 甲木을 合해 기능을 정지시켰습니다. 첫째, 기능을 정지시켰다는 것은 財와 印이 자기 기능을 상실했다는 것입니다. 둘째, 甲과 己가 合했으나 合化 土를 생산하지 못했습니다. 이는 月地나 大運支에 土의 成分인 辰戌丑未가 없습니다. 그러므로 土의 六神인 印星을 생산하지 못했습니다. 셋째, 大運支 卯는 財星입니다. 日支인 戌土와 大運支 卯가 合합니다. 이렇게 卯가 戌을 動하게 하면 時支인 未와 刑의 관계가 발생하게 됩니다. 넷째, 이렇게 戌과 未가 動해서 刑이 발생하면 지장간이 開庫됩니다.

이렇게 지장간이 개고되면 戌 중의 辛은 月干인 丙火 官과 合해서 사라집니다. 이때 丙辛 合化 水가 생산됩니다. 이것은 月支에 子水가 존재하기 때문입니다. 이것이 現像으로는 가지고 있던 직업은 나가고 새로운 일자리가 생긴다는 것입니다. 또한 戌과 같이 刑으로 動한 未土는 未 중의 乙木財는 日干인 庚金과 合하게 되는데 개고된 장간이 他干과 合하면 사라지지만 命柱인 日干과 合하는 것은 사라지는 게 아니라 得하는 現像으로 나타나게 됩니다. 器物의 손상이 없습니다.

또한 未 중의 己土는 年干인 甲木 財와 合할 수 없습니다. 그것은 대운의 干 己土와 먼저 合했기 때문입니다. 未 중의 丁火 역시 合할 글자가 없습니다. 정리해 본다면 未土(器物)의 손상이 없으므로 未 중의 丁火 官星, 乙木 財星, 己土 印星은 사라지지 않고 得으로 작용하게 됩니다.

정리

己卯 대운을 정리해 본다면

己土대운의 干 卯는 命의 甲木 財와 합하므로 기능이 정지되는 사항인데 現像으로는 돈 들여서 공부하는 것으로 나타난 현실이고

大運支 卯 재는 戌과 합하게 되는데 이것은 지인으로부터 후원금의 財星의 유입이고

합이 動해 戌과 未가 刑이 되는 사항은 시기와 질투로 모함을 받는 형태로 나타나고

개고된 戌 중의 辛 겁재와 丙火 官의 합은 가지고 있던 직업은 나가고(사표) 丙辛 합에서 合化 水는 새로운 일자리를 만드는 계기가 되고(개인사업 시작) 개고된 戌 중의 戊土는 命의 癸 상관과 합을 이루어 사라지고 이것은 現像으로 사업을 했다 접었다는 반복함으로 육체와 정신이 엄청난 힘든 시간을 보내게 됨을 의미합니다.(刑은 형벌의 의미가 있다고 했지요. 八字에 刑이 動하면 得失을 떠나 정신이나 육체가 엄청 힘든 시간을 보내게 됩니다.)

또한 刑으로 개고된 未土 중 丁火 官星은 합하는 글자가 없으므로

得으로 나타나고 未 중의 乙木 財는 日干인 命에게 들어오고 未 중의 己土 인성은 합할 글자가 없으므로 得으로 작용하는데, 이렇게 복잡다단한 현상은 한 해에 발생하는 것이 아니라 10년 동안 일어날 변화를 예고한다는 것입니다.

총정리를 해본다면 大運의 干은 10년 동안의 格의 성패. 즉, 이러이러한 일이 발생할 것이라고 예고해 주는 추상적인 개념이라고 말씀드렸고, 大運의 支는 10년 동안에 일어날 일로 인해 이런 것은 얻고 이러이러한 일로 인해 이러한 것은 잃을 것을. 즉, 10년 기간 동안 이런 것은 얻고 이런 것은 잃을 것을 예고해 주는 것이 大運의 支가 하는 일입니다. 그럼 언제 현상으로 나타나나요?

시간

命 안에는 10년의 大運이 들어있고, 10년 大運 안에는 1년의 歲運이 있고, 1년의 세운 안에는 12月의 月運이 있고, 12月의 月運 안에는 30일의 日運이 있고(日辰), 30일의 日運 안에는 24時의 時運이 들어 있습니다. 大運에서 추상적인 것과 得失을 예고했다면, 매년 찾아오는 歲運에서 現像으로 나타나게 된다는 것입니다. 命과 大運은 靜物이므로 動하지 않고 있다가 動物인 세운이 오면서 비로소 靜物인 命과 大運이 動하게 된다는 것입니다.

이해를 돕기 위해서 예를 든다면 권투 선수가 링에 올라갔다고 무조건 펀치를 날려 공격하는 게 아니라 시작을 알리는 공이 울려야 움직이는 이치와 같습니다.

靜物인 命과 大運은 歲運인 動物에 의해 動하게 되는데 이때 세상만사 천층만층구만층의 잡다한 모든 일들이 現像으로 나타나게 되는 것입니다. 이제까지 命에 대응하는 大運까지 실명으로 말씀드렸습니다만, 이때 命은 靜物로 대운은 動物로 비유했으되 歲運인 動物이 등장하면 命과 大運은 靜物에 속한다는 것을 기억하시기를 바랍니다.

간명법(看命法)

자, 그럼 지금부터는 실명에 歲運인 動物을 적용해서 看命하는 방법을 말씀드리겠습니다. 한 고객의 실제 命입니다.

坤命, 56세

日干

己	丁	癸	戊
酉	酉	亥	申

大運	歲運
丁	癸
巳	卯

첫째, 八字命을 분석합니다.

① 亥月의 丁火 日干입니다.
② 格은 正官格입니다.
③ 丁火 日干은 地支에 부리가 없습니다. 그러므로 身弱명입니다. 身이 弱하다는 것은 무슨 뜻일까요? 그것은 삶에 어려움이 닥쳤을 때 그것을 극복하려는 의지가 약함을 뜻하는 것입니다. 身强 身弱을 따지는 이유이기도 합니다.
④ 命의 年干 戊土 상관과 月干 癸水 편관이 합이 된 상태입니다. 무슨 뜻일까요? 命에서 年月 干의 합은 최악이라 할 수 있습니다. 六神으로 食官이 年月 干에 命에서 합이 됐다는 것은 육친상으로는 자식과 남편이 자기 기능을 상실했다, 정지됐다, 이 말은 남편과 자식의 조력을 기대할 수 없다, 있어도 시원찮다, 없는 것과 마찬가지입니다. 또한 직업과 일자리에 애로가 많다는 것인데, 언제까지? 평생 동안입니다. 그러니 최악이라는 거죠.
⑤ 日干은 地支에 뿌리가 없어 身弱命이라 했습니다. 그럼 반드시 있어야 할 木星(印)이 없습니다. 즉, 기댈 언덕이 없다는 것입니다. 참으로 안타까운 命입니다.
⑥ 空亡은 辰巳입니다.

둘째, 戊午 大運(최악)이 지나고 丁火 大運이 도래했습니다.

① 丁火 日干은 八字에 뿌리도 없고 기댈 언덕(木星)도 없던 命에 大運의 干인 丁火는 그야말로 구세주입니다. 格의 成有敗를 따질 경황이 아닙니다.

② 大運의 巳火는 年支인 申財와 刑과 合의 관계입니다. 또한 月支 癸水 正官과는 冲의 관계입니다.

日干			
己	丁	癸	戊
酉	酉	亥	申

大運	歲運
丁	癸
巳	卯

八字와 大運은 靜物이므로 動할 기미만 보일 뿐 아직 動한 게 아닙니다.

셋째, 動物인 세운 癸卯年을 대입해 보겠습니다.

① 癸卯年의 癸水 편관은 年干인 戊土와 合할 수 없습니다. 왜? 이미 命의 戊癸가 合된 상태입니다. 地支에서는 合을 合으로 풀 수 있지만 天干에서는 한번 合하면 다시 合할 수 없습니다.

② 세월의 癸水는 月支의 亥水와 物과 象의 결합으로 유입됩니다. 官이 들어온다는 것은 직업이나 남자인데 이 경우는 직업이 생긴다는 뜻입니다. 왜 남자가 아니고 직업일까요? 이 문제는 설명이 필요합니다. 다음 기회에 설명해 드리도록 하죠.

③ 다음은 세운의 地支인 卯木 印星이 들어오면서 日支인 酉金 財와 冲을 하게 됩니다. 다시 말해 財星과 印星의 冲입니다. 그런데 여기서 잠깐, 왜 巳申亥를 건너뛰고 日支인 酉와 冲하게 될까요? 그것은 巳申亥와는 動力이 전달되지 않기 때문입니다. 이 문제는 刑冲會合에서 좀 더 시간이 필요합니다.

④ 이렇게 卯 印星과 酉 財星이 冲하면 지장간이 개고된다고 했습니다. 冲된 卯 중의 지장간 甲木과 乙木 중 甲木 印星과 時干의 己土가 合해 사라집니다. 이 말은 문서에 의해 일자리가 떨어져 나간다는 것이죠. 즉, 퇴직입니다.

⑤ 다음은 冲된 酉酉 財星은 어찌 되나요? 卯酉 冲이란 1대2의 싸움이었죠. 卯는 하나이고 酉는 둘. 그러니 이 싸움은 누가 유리할까요? 그렇습니다. 卯는 敗하고 酉는 이기겠지요. 이런 사항을 표현할 때 卯 인성은 拔(발). 즉, 잡초가 뽑혀 나가고 酉는 힘이 세므로 發(발)한

다고 표현하죠. 즉, 得을 의미합니다. 現像으로는 문서에 의한 퇴직이고 酉金 財를 得한다는 것은 돈이 들어온다는 것인데 이것은 퇴직금 같은 거죠. 이와 같은 현상이 계묘년에 나타난다는 것입니다.

결론

아무튼 본 命은 최악의 戊午 대운을 지나 丁巳 대운에 들어왔습니다. 丁巳대운도 그리 좋은 運은 아닙니다만 최악의 戊午 대운에 비할 바는 아닙니다. 세월의 흐름을 바꿀 수만 있다면 좋으련만….
내친김에 甲辰年의 상황을 살펴보도록 하겠습니다.

日干

己	丁	癸	戊
酉	酉	亥	申

大運	歲運
丁	甲
巳	辰

看命을 해보면,
첫째, 甲辰年의 甲은 인성입니다. 命柱 입장에서는 얼마나 좋은 인성인데 도움은커녕 時干의 己土 食神을 合해서 빼 가네요. 밥 먹는 일자리가 떨어져 나간다는 뜻이죠. 이럴 때 月支나 大運支에 土의 글

자가 있어 甲己 合化 土가 생산되면 가지고 있던 일자리는 나가고 새로운 일자리가 생긴다는 것인데 合化의 成分이 없습니다. 그러니 일자리만 없어지는 것입니다.

둘째, 세운의 支 辰土 새로운 일자리가 들어옵니다. 그런데 月支인 亥水 正官과 원진관계입니다. 이 원진 관계로 새로운 일자리에서 남을 원망하고 질시하는. 즉, 분쟁관계로 새로운 일자리에서 대인관계가 원만하지 못하다는 뜻인데 이것으로 끝나지 않고 辰이 亥를 動하게 하니 大運支의 巳火(겁재)와 冲하는 관계로 변하면서 또한 年支인 申財 오는 刑도 合도 되는 관계까지 복잡하게 얽히게 됩니다.

셋째, 甲辰年 한 해를 정리해 본다면 辰과 亥의 원진 관계로 시작된 것이 巳와 亥의 冲으로 발전하고 또한 巳申 刑과 합을 거치면서 巳申 亥의 지지 장간이 쏟아져 나오면서 命 중의 年支 申은 지장간의 壬水가 대운의 干과 합해 사라지고, 이 말은 내 친한 친구가 내 남자 친구를 빼앗아 가고 亥 중의 壬水 官은 들어오고. 즉, 새로운 남자가 생기고 이처럼 복잡한 양상을 띠는 가운데 大運의 巳火 劫財는 器物의 파손이 없으므로 巳 중의 戊土 새로운 일자리 庚金 財星과 丙火 劫財가 들어오는데 이런 상황을 정리해서 설명한다면 가지고 있던 일자리 나가고 새로운 일자리 생기고 사귀던 내 남자 나가고 새로운 남자 들어오고 돈 들어오고 돈 나가고 말 많고 탈 많은 원진을 시작으로 甲辰年 한 해가 돌아갑니다. 휴, 머리가 빙빙 도네요. 지금까지 看命은 財를 위주로 한 일부분인데도 어지럽죠. 여기서 각종 신살과 운성 그리고 공망까지 첨가하면 그야말로 복잡다단합니다.

원론

제가 서두에 四柱八字를 공부하는 것은 타인의 命을 족집게처럼 알아맞히기 위해 공부하는 것이 아니라고 했습니다. 골 아프게 타인의 命을 이렇게 알아맞힐 필요가 있나요? 나의 八字를 알아보기도 골이 아픈데 말입니다. 그래서 나의 命 四柱八字를 알면 끝이라고 했습니다.

제가 처음 이 공부를 시작할 때 먹고사는 문제를 해결해 보자고 공부를 시작했다고 했습니다. 그러나 공부를 해보고 얻은 결론은 내가 먹고사는 문제는 이미 定해져 있더라입니다. 生, 태어나서 死, 죽을 때까지의 삶의 여정이 定해져 있다는 것을 깨닫는데 머리가 둔한 저로서는 상당한 시간이 걸렸네요. 지금도 많은 사주학의 책들이 하나같이 내가 열심히 노력해서 좋은 운을 만든다고 설명하죠. 또한 비가 올줄 알아 우산을 준비한다고요? 참으로 무지하고 허황된 얘기죠.

내가 태어나는 순간 神이 내게 부여한 바코드. 즉, 암호문 四柱八字, 가는 길(道)이 定해져 있다고 해서 定名論이라고 하지요. 말로 하면 쉬울 텐데 생전 써보지 않던 글로 표현하자니 몹시 어렵고 힘이 드네요. 그러나 이 또한 命인 걸 어쩌겠습니까? 순리에 따를 수밖에요.

자연의 세계는 아주 순하고 부드러우면서도 아주 모가 나고 무서운 일면을 가지고 있습니다. 자연은 순환합니다. 그런데 예측 불가한 돌발현상도 나타나죠. 횡액, 횡사, 횡재 같은 유형이 그렇습니다. 그래서 우리 인간은 자연 앞에서 항상 겸손해야 합니다. 얼마 전 우리나라를 관통하는 커다란 태풍으로 많은 재산과 인명피해를 입었지요. 이 또한 자연의 돌출 현상인데 이러한 현상이 다 나쁜 것만은 아니죠. 이러한 현상을 통해 자연의 섭리를 이해하는 계기가 되기도 합니다. 아울러 생태계를 파괴하는 녹조현상으로 해마다 큰 피해를 봅니다만 돌출현상인 태풍으로 인해 한순간에 걱정거리가 사라지기도 합니다.

아무튼 한 여인의 命을 잠시 보았습니다만 유형만 다를 뿐 우리 인간의 命은 빈부귀천을 불문하고 生은 死를 전제로 존재하므로 희로애락과 길흉을 피해 갈 방법은 없습니다. 학생에게는 직업이 공부이면 우리 인간의 직업은 삶입니다. 이 삶의 형태가 천층만층구만층이라는 것입니다. 이런 천층만층구만층의 삶에 神이 인간에게 선물로 딱 하나 준 것이 선택권인데 그것이 행복이란 것과 불행이란 것입니다. 生은 死를 전제로 한 四柱八字에는 천명 귀명. 즉, 빈부귀천을 불문하고 행복이란 없습니다. 선물로 받은 선택권은 오직 내가 定할 뿐입니다. 행복을 선택하든 불행을 선택하든 행복한 삶을 사는 것도 내가, 불행한 삶을 사는 것도 내가 선택한 것이기에 조상을 탓할 일이 아니란 얘기입니다.

행복하다 불행하다는 말로 하는 삶이 아닌 몸으로 행동으로 하는 삶을 뜻하기도 합니다. 성경의 한 구절이 떠오릅니다. '천국과 지옥은 네 마음속에 있다.' 행복을 선택하신 여러분께, 매일매일 행복한 삶이 있기를 응원합니다.

금(金)동화

나도 가져보고 싶다

얼마나 좋길래 그 추운 영하의 날씨에

긴 줄을 서서 기다릴까

그것도 몇백만 원이라니

운동화 한 켤레 값이 나도 그런 돈 있어 봤으면 좋겠다

그 운동화는 하늘을 나는

엔진이 부착되어 있겠지

나도 가져보고 싶다

2022년 1월 18일

어느 날 TV를 보면서, 梅山

길(道)

한 사람의 命과 運 바꿀 수 없습니다

그러나 그 가는 길(道)은 알 수 있습니다

길을 아는 나그네의 삶은 풍요롭고 행복할 것입니다

길을 모르는 나그네의 삶은 불안하고 초조하며

안정되고 행복한 삶을 영위할 수 없을 것입니다

梅山

생전에 생각도 해 보지 못한 생각

나의 뜻과 생각을 他人에게 글로 그것도 책으로

정말 꿈 같은 생각이 현실이 되다니!!

앞날을 예지하는 八字術, 참으로 대단하지 않은가!

내 뜻과 생각을 글로 전하는 일이 이처럼 힘들고 어려운 것임을 알게 되는 좋은 기회를 주신 하느님께 감사드립니다. 아울러 서점에 있는 많은 서적을 집필하신 이름 모를 작가님에게도 존경의 마음을 전하고자 합니다. 四柱八字라는 제하의 글로, 유튜브에서는 영상으로 독자분을 만난 적이 있으나 지면으로는 처음 독자 여러분을 찾아뵙게 되어 영광이며 또한 감사드립니다.

인간은 태생적으로 보고 싶고, 갖고 싶고, 알고 싶어 하는 등 헤아릴 수 없이 많은 궁금증을 가지고 살아가고 있습니다만 그 중에서도 내 生에 삶의 여정이 몹시 궁금하고 알고 싶죠. 내 한 평생의 삶에는 크고 작은 사건. 즉, 우여곡절을 겪게 되는데 내 앞날의 삶을 알 수 있다면 아니, 알게 된다면 보다 행복한 삶을 살 수 있지 않을까요?

한 生이 걸어가는 나그네의 삶의 길(道)

그 삶의 길을 안다면 알 수 있다면

예나 지금이나 인류를 그 길(道)을 알고 싶어 했는데, 아직도!

길(道)을 모르고 방황하는 나그네의 삶

오늘은 이 길인가? 내일은 또 저 길인가?

길(道)을 모르는 나그네의 삶은 불안과 초조의 연속이죠.

이런 상황 속에서는 행복이란? 허공 속의 메아리죠.

그래서 인류는 그 길(道)을 알고자 무던히 애써왔는데 주역이다, 육임이다, 육효다 하면서 이름만 다르지 하나인 사주팔자학이다 명리학이다 또는 추명학이다 또한 기문둔갑술이다 하면서 온갖 점성술을 동원해서 이 길(道)을 찾고자 끊임없이 노력해 왔는데!

이처럼 이 길(道)을 찾고자 애쓰는 이유는 무엇일까?

그것은 너와 내가 갖고 싶어 하는 행복, 이 행복을 갖기 위해서? 옛날부터 전해 내려오는 말 중에 이런 말이 있지요. '업은 아기 3년 찾는다고요. 가지고 있는데 깨닫지 못하니, 못 찾는 것이나 깨닫지 못하는 것이나 답답하기는 매한가지요.

1권에서는 命과 運에 대한 기초적인 용어와 神殺에 대한 포괄적인 내용으로 기술했습니다만 앞으로 2권, 3권으로 이어지는 내용에서는 실제 命으로 구체적 사안으로 독자 여러분을 만나게 될 것입니다. 아무쪼록 神이 인간에게 부여한 각자의 命과 運을 예지함으로써 보다 행복한 삶을 영위하시기 바랍니다. 함께 해 주서서 감사합니다.

梅山

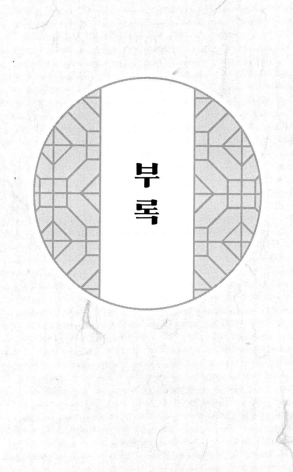

부록

알아두면 좋은 지식과 상식

우주(宇宙)

宇: 東西南北과 上下를 뜻하고 六合, 上天=午未, 下地=子丑를 의미
한다.

宙: 古今往來를 뜻하는데 요즘 현대적으로 표현한다면 우주란 時間
과 空間을 말한다.

우주는 시간과 공간을 뜻하며 하나다. 즉, 宇는 宙로, 宙는 宇로 바
꿀 수 있다. 空間은 복잡하게 여러 가지 현상으로 존재하므로 우리 눈
에 쉽게 포착되는데 비해 時間은 볼 수도 만질 수도 없다. 다만 우리가
알 수 있는 것은 끊임없이 동일한 속도로 흘러가고 있다는 것이다. 시
간은 원운동에서 시작하는데 우리 눈에는 보이지 않지만 시간이 현상
계에 자기의 모습을 가장 뚜렷하게 드러내는 경우가 두 가지가 있다.

그 첫 번째가 하루의 낮과 밤의 변화다. 낮이 다하면 밤, 밤이 다하
면 낮이 된다. 그 두 번째는 1년. 즉, 四時 春夏秋冬 계절의 변화를 일
으키는데 순서대로 규칙적으로 순환운동을 하고 있다. 60년을 순환

주기로 해서 햇수를 계산한다. 지금 우리가 사용하는 서기는 직선적 사고를 바탕으로 해서 계산한 것이기 때문에 잘못 판단하면 時間이 한없이 미래로만 직선적으로 흘러간다는 생각을 하기 쉬운 오류를 범하기 쉽다. 원이란 時間의 운동에서 오는 것이다.

① 東西南北과 상하 관계. 上=午未合 下=子丑의 合
② 하늘에서 가장 기본적인 존재는 日, 月, 星, 辰, 寒, 暑, 晝, 夜
③ 땅에서 가장 기본적인 존재는 水, 火, 土, 石, 風, 雷, 雨, 露
④ 抽象(추상) 陰과 陽은 하나인데 陰中之陽, 陽中之陰이 존재한다.
　　즉, 주와 객의 관계다.

우주 삼라만상의 자연의 이치를 어떻게 표현할까? 예나 지금이나 많은 학자들이 고심고심 연구하면서 생각해 낸 것이 밝음과 어둠, 낮과 밤, 陰과 陽으로 표현해야 하는데 이것을 표현하는 방법으로 쓴 기호가 ―은 陽으로 - -는 陰으로 여기에 우주 삼라만상의 섭리와 이치를 담아 만들어 발전시킨 학문이 주역이다.

　이 방대한 주역의 틀에서 자연의 일부인 인간의 문제만 쏙 빼서 발전시킨 학문이 四柱八字學이다. 그러므로 사주팔자학은 삼라만상 대자연 속의 지극히 아주 작은 일부분을 다루는 학문이다. 주역에서 다루는 陰陽에 인간은 땅 위에서만 생존하는 동물이므로 陰陽에 五行을 접목시켜 발전시켜온 학문이 오늘날의 陰陽五行 사주팔자학인 것이다. 이렇게 만들어진 四柱八字 또한 완벽한 것은 아니다. 그것은 자연 속의 모든 物은 완벽한 것은 하나도 없기 때문입니다. 그러므로 八字라는 그릇에 한 인간의 삶을 모두 담을 수 없다. 그것은 항상 예외가 존재하고 돌발상황이 연출되기 때문이다.

사람이 태어날 때 흔히 빈손으로 온다고 한다. 틀린 말은 아닌데 다는 아니다. 왜냐하면 나라는 존재가 하늘에서 뚝 떨어지는가? 아니다. 부모, 형제, 자매라는 인연을 가지고 나오는 것이다. 四柱八字에서 나(日干)를 제외한 일곱 글자의 六神을. 즉, 인연을 가지고 나온다. 그렇게 보면 이 세상에 올 때 빈손으로만 오는 게 아니다. 즉, 六親을 가지고 나온다. 또 다른 용어로 六神이라고도 한다.

오운육기(五運六氣)

五運: 甲己合化土, 乙庚合化金, 丙辛合化水, 丁壬合化木, 戊癸合化火
六氣: 子午冲, 卯酉冲, 寅申冲, 辰戌冲, 丑未冲, 巳亥冲

時	
1候(후)= 5일	1年=12개월
3候= 1氣	12개월=24氣
1辰=30分	24氣=72候
1日=12辰	72候=360일
12辰=360일	360일=432辰
12辰x360일=4320辰	4320辰=12만9천600분

理	氣	
木, 火, 土, 金, 水　**五行**	**陰陽**　氣質	
相生, 相剋　**生剋**	**旺衰**　旺相休囚死	
比食財官印　**六神**	**十神**　六神陰陽分離	
十進法　**天干**	**地支**　十二地支	
天	**地**	
時間　**六十甲子**	**春夏秋冬**　四季	
지구의 공전	**지구의 자전**	
팽창의 순환 吸	呼	

때(時間)

　모든 일에는 때가 있다. 우리 일상생활에서 때를 한 번 생각해 보자. 아침 밥을 먹는 것도 때. 출근 시간도 때. 농부가 씨앗을 뿌리는 시기도 때다. 추수하는 것도 때를 맞추어 추수를 한답니다. 또한 우리 인간에게 때가 기회가 된다. 옛 어른 말씀에 인생 살면서 누구나 한 번의 기회가 온다고 한다. 이 기회란 두말할 것도 없이 財物福이 들어온다는 말씀이다. 四柱八字로 말하면 財運이 일생에 한 번은 들어온다는 것이다. 그런데 사주팔자를 조금 공부하신 분이라면 이렇게 財物福이 들어왔을 때, 나갈 때를 대비해서 재물을 잘 관리하고 준비한다면 財物福이 나가는 운에도 큰 어려움이 없이 여유로운 생활을 할 수 있지 않을까 이렇게 생각하는 분이 대부분이다. 그렇게 배웠고 가르치는 현실이고, 비 올 줄 알아서 우산을 준비한다는 식이다.

결론적으로 말씀드리면 그렇지 않다. 財物이 나갈 것을 미리 알아 대비한다는 것은 그야말로 감언이설 허황된 얘기다. 나가는 것을 막을 방법은 없다. 이런 현상을 이권에 결부시켜 혹자는 방편술이라고 해서 부적을 쓴다거나 개명을 유도하기도 하지만 이는 모두 기만행위이다. 이러한 방편술이라는 것에 현혹되는 일 없길 바란다.

아무튼 결론을 말하자면 그 때(時間)는 내가 定하는 것이 아니고 이미 定해져 있는 시간표대로 나는 따라간다는 것이다. 즉, 내 의지와 뜻과는 전혀 무관하다는 것이다. 내가 이 세상을 떠날 때도 내 의지와는 무관한 것처럼 말이다. 자연의 순리는 내 의지와는 무관하다.

깨달음(道)

① 깨달음은 누구와도 공유할 수 없다. 그러므로 깨달음은 누구도 대신해 줄 수 없다. 밥을 먹다가도, 잠을 자다가도, 구름이 모였다 흩어지는 것을 보다가도, 나뭇잎 풀잎 하나를 보다가도 갑자기 깨달음을 얻게 되기도 하는데 그 누구도 대신해 줄 수 없다. 스스로 깨닫고 나가는 것 외에는!

② 그 옛날 복희씨가 그렸다는 64卦(괘), 문왕이 지었다는 卦辭(괘사), 주공이 지었다는 爻辭(효사)를 합해서 주역의 경문이라고 하

고 그중에 괘사와 효사를 합해 계사라고 하고, 공자가 卦와 辭를
자세히 풀어서 쓴 것을 계사전이라고 한다.

③ 하늘에는 日月星辰, 땅에는 水火土石, 단단함과 부드러움이 있다.

④ 人間= 마음(心) 몸(唯物) 사이에서 한쪽으로 기울게 되면 陰陽의
균형이 무너져 病이 생기게 된다.

⑤ 스스로 빛나는 별을 星이라고 하고 빛나지 않는 별을 辰이라고
한다.

⑥ 植物은 陰이고 動物 陽이다.

⑦ 삶 속에 죽음이 들어 있고 죽음 속에 삶이 들어 있다. 이는 주와
객의 문제다.

⑧ 작은 원은 커다란 원 속에서 큰 원의 지배를 받는다. 즉, 하루의
주인과 손님은 일 년의 주인과 손님 속에 들어 있다.

⑨ 주인과 손님은 바뀐다.(주객의 전도) 시간의 흐름 속에서 볼 때 절
대적인 陰과 절대적인 陽은 없다.

⑩ 陰宅이란 죽은 사람의 무덤이고(死) 陽宅은 산 사람의 집(주택)이
다(生).

⑪ 영혼의 영은 陽이고 혼은 陰이다. 영과 혼이 합한 것이 유체이다.

⑫ 땅에 떨어지지 않은 씨앗은 뜻만 간직하고 있는 머리와 같다.(象)
땅에 떨어진 씨앗은 생명력이 약동하면서 농축된 힘을(物) 간직
한 정자와 난자와 같다.

⑬ 인체 내에서 인체를 가장 잘 복사하고 있는 것이 정자와 난자다.

⑭ 머리는 인체를 움직이는 우두머리이며(坤土陽宅) 생식기관 속에

있는 정자와 난자는 자식이다(艮土陰宅).

⑮ 丹田이란? 우물 밑바닥에 있는 광석과 같은 것. 上丹=인당혈, 中丹=단중혈, 下丹=관원혈

⑯ 四柱八字에서 强(강)하다는 것과 旺(왕)하다는 것은 어떻게 다른가? 강하다는 것은 기회를 말하는 것이고(元亨利貞: 시간, 年月日時의 흐름) 왕하다는 것은 器物(그릇)의 크기를 말한다. 그럼 그릇(器物)의 크기는 어떻게 나타나는가? 크다는 것은 重으로 표하고 그렇지 못하면 輕으로 표시한다.

육도(六道)

① 佛道(불도)

② 鬼道(귀도)

③ 人道(인도)

④ 畜道(축도)

⑤ 修羅(수라)

⑥ 仙道(선도)

십이성진(十二星辰)

子貴 = 佛道(불도)	貴 = 富貴(부귀)	天 = 慈悲(자비)
丑厄 = 鬼道(귀도)	厄 = 疾苦(질고)	天 = 慳貪(간탐)
寅權 = 人道(인도)	權 = 操技(조기)	天 = 知識(지식)
卯破 = 畜道(축도)	破 = 敗壞(패괴)	天 = 貪?(탐매)
辰奸 = 修羅(수라)	奸 = 狡猾(교활)	天 = 獰猙(영쟁)
巳文 = 仙道(선도)	文 = 聰明(청명)	天 = 安逸(안일)
午福 = 佛道(불도)	福 = 榮華(영화)	天 = 和煦(화후)
未驛 = 鬼道(귀도)	驛 = 難辛(난신)	天 = 陰晴(음청)
申孤 = 人道(인도)	孤 = 自立(자립)	天 = 明達(명달)
酉刃 = 畜道(축도)	刃 = 刻害(각해)	天 = 혼탁(혼탁)
戌藝 = 修羅(수라)	藝 = 功便(공변)	天 = 能爲(능위)
亥壽 = 仙道(선도)	壽 = 康健(강녕)	天 = 淸明(청명)

子貴 x 午福 = 佛道	부귀 영화	자비 화후
丑厄 x 未驛 = 鬼道	질고 난신	간탐 음청
寅權 x 申孤 = 人道	조기 자립	지식 명달
卯破 x 酉刃 = 畜道	패괴 각해	탐매 혼탁
辰奸 x 戌藝 = 修羅	교활 공변	영쟁 능위
巳文 x 亥壽 = 仙道	청명 강녕	안일 청명